KB091835

명시 가슴에 스미다

- 시 소리로 삶을 치유하다 -

박영애 시낭송 모음 11집

- 명인 명시 28인과 함께한 “명시 가슴에 스미다” 박영애 시낭송 11집 모음 시집을 엮으면서 -

이른 아침 새의 지저귐이 좋다.
귀를 스치며 머리카락을 날리는 바람이 참 좋다.
코끝을 간질이며 스며드는 꽃의 향기가 더욱 좋다.
이 모든 것을 아낌없이 내어주는 자연이 있어 감사하다.
그리고 지금 내가 볼 수 있고 온몸으로 느낄 수 있음에 가장 큰 행복이다.
또한 그 행복을 혼자 아닌 27인의 명인들의 명시와 함께할 수 있는 시간이 그 무엇보다 큰 기쁨이다.

어느덧 ‘詩’ 소리로 삶을 치유하는 시낭송 모음 시집이 열한 번째의 출산을 앞두고 있다. 물론 더 많은 CD와 모음집이 나오기도 했지만, “명시 가슴에 스미다” 시집이 정식으로 11집 시낭송 모음집이 된다. 많은 시인의 삶과 애환, 또 자연의 시향을 소리와 언어로 전달할 수 있는 지금 나의 행복이 다른 누군가에게도 희망과 따뜻함으로 다가가길 바란다.

“명시 가슴에 스미다” 박영애 시낭송 모음 시집 제11집에 감동과 살아있는 작품으로 함께 참여해 주신 김국현 시인, 김노경 시인, 김락호 시인, 김정섭 시인, 김희경 시인, 남원자 시인, 박남숙 시인, 박미향 시인, 박희홍 시인, 손영호 시인, 송근주 시인, 송용기 시인, 송태봉 시인, 송향수 시인, 염경희 시인, 유영서 시인, 윤무중 시인, 이동로 시인, 이만우 시인, 이상노 시인, 이정원 시인, 전경자 시인, 정상화 시인, 주야옥 시인, 한명화 시인, 한정서 시인 27분께 진심으로 감사의 마음을 전한다. 아름다운 동행이 되어 시향이 많은 독자의 가슴에 스며들어 오랜 여운과 따뜻한 감동을 주는 “명시 가슴에 스미다” 시낭송 모음 시집이 되길 바라는 마음으로 열정과 정성을 쏟아 엮었다.

“명시 가슴에 스미다” 시낭송 모음 시집 11집이 세상에 빛을 볼 수 있도록 늘 묵묵함으로 아낌없이 힘을 실어주는 가족, 격려와 사랑으로 응원해 주신 27인의 시인과 또 대한문인협회 문우님들 그리고 언제나 더 좋은 책이 나올 수 있도록 조언을 아끼지 않고 도움 주시는 김락호 이사장님께 고맙고 감사한 마음을 전한다. 많은 분의 사랑 속에서 출간된 시낭송 모음 시집이 행복의 선물이 되어 독자의 손에 들려지고 오랫동안 사랑 받기를 기대한다.

엮은이 박영애

박영애 시인, 시낭송가

대한문학세계 시 부문 등단
현) (사)창작문학예술인협의회 부이사장
현) 대한시낭송가협회 명예회장
현) 대한창작문예대학 지도 교수
현) 시낭송교육 지도 교수
현) 대한문학세계 심사위원
현) 대한문화예술방송 아트티비 ‘명인명시를 찾아서’ MC
현) 조세금융신문 ‘詩가 있는 아침’ 시 소개와 시낭송 연재

〈수상〉
2010년 오장환 문학제 전국 시낭송대회 대상 및 그 외 다수
2012년 대한문인협회 한국문화예술인상
2014년 대한문인협회 한국문화예술인 대상
2015년 한국문학 올해의 시인상
2016년 대한문인협회 한국문학 예술인금상
2017년 한국문학 예술인 대상
2018년 베스트셀러 1위 선정
2019년 한국문학 문학대상

〈시낭송 개인 작품집〉
-임세훈 시집 ‘거울 속의 다른 나’ / 시낭송 CD 1집
-이서연 시낭송 CD ‘시 자연을 읊다’ / 시낭송 CD 2집
-‘시 소리로 삶을 치유하다’ / 시낭송 CD 3집
-장영길 사진과 시 ‘내 안의 그대 때문에
난 매일 길을 잃는다’ /시낭송CD 4집
-황유성 시집 ‘유성의 노래’ /시낭송 CD 5집
-‘시 소리로 삶을 치유하다’ / 시낭송 CD 6~7집
-‘시 마음으로 읽다’ / 시낭송 CD 8집
- ‘명시 언어로 남다’/ 시낭송 모음 9집
- 시 염규식 ‘사랑은 시를 만들고’
/ 시낭송 CD 10집

〈공저〉
시 마음으로 읽다 엮음
명시 언어로 남다 엮음
낭송하는 시인들 엮음
2015-2022 명인명시 특선시인선 선정
대한문인협회 대전충청지회 동인지
“삶이 담긴 뜨락”, “충청의 향기 비단강처럼”
대한창작문예대학 졸업 작품집 “우리들의 여백”
유화에 시의 영혼을 담다
2020 유화로 보는 명인명시선
2021 현대시와 인물 사전

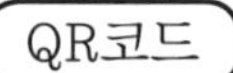

스마트폰으로 QR 코드를 스캔하면
시낭송을 감상할 수 있습니다.

김국현 시인편
시낭송 듣기

김노경 시인편
시낭송 듣기

김락호 시인편
시낭송 듣기

김정섭 시인편
시낭송 듣기

김희경 시인편
시낭송 듣기

김희선 시인편
시낭송 듣기

남원자 시인편
시낭송 듣기

박남숙 시인편
시낭송 듣기

박미향 시인편
시낭송 듣기

박영애 시인편
시낭송 듣기

박희홍 시인편
시낭송 듣기

손영호 시인편
시낭송 듣기

송근주 시인편
시낭송 듣기

송용기 시인편
시낭송 듣기

송태봉 시인편
시낭송 듣기

송향수 시인편
시낭송 듣기

염경희 시인편
시낭송 듣기

유영서 시인편
시낭송 듣기

윤무중 시인편
시낭송 듣기

이동로 시인편
시낭송 듣기

이만우 시인편
시낭송 듣기

이상노 시인편
시낭송 듣기

이정원 시인편
시낭송 듣기

전경자 시인편
시낭송 듣기

정상화 시인편
시낭송 듣기

주야옥 시인편
시낭송 듣기

한명화 시인편
시낭송 듣기

한정서 시인편
시낭송 듣기

본문 시낭송 보음
시낭송 듣기

* 목차 *

시인 김국현

프로필
울산광역시 거주
대한문학세계 시, 수필 부문 등단
(사)창작문학예술인협의회 회원
대한문인협회 정회원
2019, 2020, 2021 명인명시 특선시인선 선정
한국문학 향토문학상 수상

<공저>
시 길을 가다 외 다수

2022 명인명시 특선시인선

마음속에 핀 꽃 / 김국현

만날 때마다
반달같이 웃으며 반겨주던 아름다운 꽃이
어느 날 떨어지고 없었습니다
그래서 꽃을 오래도록 간직할 수 있는
방법은 없는지 생각했습니다

마음속에 기름진 밭을 일구어 기쁨이란 꽃을 심고
사랑이란 꽃도 심기로 했습니다
어렵고 힘든 날이 와도
인내할 수 있는 꽃을 심어 가꾸다 보니
어느새 여러 모양의 꽃들이
내 마음속에 곱게도 피어났습니다

어느 날 먹구름이 덮어오더니
폭풍이 불어 아름다운 꽃들이 떨어진 후
척박하고 메마른 땅으로 바뀌고 말았습니다

오래도록 피어 있는 꽃은 없다고 해도
다시 마음속에 꽃나무가 자라
향기로운 꽃이 필 수 있도록
있는 힘을 다하여 거름도 주고 물도 줘
기름진 땅을 만들기로 했습니다.

스마트폰으로 QR코드를
스캔하면 시낭송을 감상
할 수 있습니다.

그대의 미 / 김국현

깊은 적막 흐르는
검게 물든 한 밤
그대가 준 꽃다발
그 향기에 취해 더듬어 보니
세모, 네모, 동그란 모양으로
흘러내렸습니다

주섬주섬
가슴에 담았더니
그리움 담은 별이 되어
반짝거리며 밀려와

이것을
갈매기 노래
파도 부딪치는 바닷가 모래밭
시냇물 흐르는 계곡의
새소리 나는 숲속
출렁이는 갈대밭 사이를
붙이다 보니
그대의 얼굴이 되고 말았습니다.

스마트폰으로 QR코드를 스캔하면 시낭송을 감상할 수 있습니다.

무언의 약속 / 김국현

먼동이 틀 무렵
새벽 같은 얼굴 내밀며
들려오는 빗소리가 반가워 창문을 열어 보았더니
불어오는 바람과 함께
그대가 품속으로 들어왔습니다

그 옛날 묻어둔 솜사탕 같은 숨소리
손잡고 걸으며 남겨둔 발자국
터질 것 같은 장미처럼 붉은 뺨
백일홍 핀 그대 미소
감당할 수 없는 가슴 울리며 찾아와
빨라져 가는 심장 박동 주체할 수가 없어

창문을 닫고
마시는 커피 향마저 그대의 선율 되어 흐르고 있어
약속 없이 흘러내리는 녹물처럼
그대의 숨소리 숨 가쁘게 들려
다시 창문을 열고
그대와 함께 써 내려간 노트에 기록된 모든 것을
마음속에 간직하기로 했습니다

그러나
뿔뿔이 흩어져버린 사연들이 너무 많아
차츰 작아져 가는 것들은
별이 반짝이는 보름달 보면서
오래 두어도 변하지 않는 보자기에 싸서
마음 한편 보관하기로 약속했습니다.

스마트폰으로 QR코드를 스캔하면 시낭송을 감상할 수 있습니다.

오월의 편지 / 김국현

푸른 오월!
그대에게 드립니다.

이 아침! 푸른 빗장을 열고
아스라이 먼 초원에서 걸어오는 오월을
반갑게 맞이했습니다

솜사탕 같은 입술
풀잎처럼 떨리는 목소리
터질 것 같은 뺨에
나의 입술을 포개고 말았습니다

검정 교복에 흰 컬러가 어울렸던
고운 피부가 이슬처럼 반짝이던 그대가
연둣빛 발자국 소리 내며 다가와
난
난 떨림으로 맞이했습니다

오월의 아침에 그대가 있어
하늘도, 땅도, 산도, 강물도
모두가 초록 물로 채색되어
더욱 높고 푸른 사랑을 하게 됩니다
그래서
이 오월의 아침은
행복이 강물처럼 넘치는가 봅니다.

스마트폰으로 QR코드를 스캔하면 시낭송을 감상할 수 있습니다.

봄날의 광대 / 김국현

벗꽃은
화창한 봄날에
우리에게 광대가 되어주는 것이다

상처받은 이를 보듬어 주고
연인들에게 애틋한 사랑 노래로
어린이들에게 희망의 그림을 그려준다
중년에게는 그리움
저편에 서서 첫사랑을 느끼게 하고
유모차 밀고 가는 신혼부부에게 수많은 꿈을 꾸게 한다

벗꽃 노래는 이별이란 아픔이 담겨있다
화려하지만 잠시 왔다가 떠나야 하기에
우리에게 먼 유학길 보내는
부모의 아쉽고 따뜻한 마음이다

벗꽃은
봄바람에 나부끼며
나비가 되어 날다가
함박눈으로 애간장 녹이며 떨어진다

벗꽃은
우리에게 잠시 머물다 가는 것이기에
멋지고 아낌없이 나누면서
떠나가는 것이라고 말한다.

스마트폰으로 QR코드를 스캔하면 시낭송을 감상할 수 있습니다.

시인 김노경

프로필
충남 천안 거주
대한문학세계 시 부문 등단
(사)창작문학예술인협의회 회원
대한문인협회 대전충청지회 정회원

<저서>
제1시집 "가슴에서 길을 나선다"
제2시집 "마네킹의 눈물"

<공저>
2020 유화로 보는 명인명시선
2021 현대시와 인물 사전
2021 명인명시 특선시인선
2022 대한문인협회 대전충청지회 동인 시집

제2시집 <마네킹의 눈물>

나한상 침묵 / 김노경

겁쟁이 사랑 발가벗기듯
말 없는 영혼 흔들리는 눈초리
사람은 누구나 같은 거잖아요
역할이 다른 생사 철학
더는 함께 할 수 없나 보다

핑곗거리 같은 여정
떠나야 하는 이유를 묻고
그리움으로 바라보는 것이 전부다
열리지 않은 문을 열어
내 앞에선 진리 이치를 꾸짖는다

타인들이 준비한 유혹하는 신음
더욱 초라한 변명
거짓 시간을 위한 파티
살기 위한 오늘이 만들어낸 전설
너와 나 다를 게 없다

짠 내 나는 인연 속 핑곗거리
그러지 마요 나도 모르겠어요
세상 모두는 포장된 꿈을 꿈꾸며
아직도 구설수 같은 이름들
시간 뒤에 숨어 사는 삶이 힘들다.

스마트폰으로 QR코드를 스캔하면 시낭송을 감상할 수 있습니다.

혼잣말 / 김노경

꿈꾸는 그리운 사랑
추억도 아니면서 말 못하는 기억
내 전부인 연민을 마중해야지

낯선 하루 미운 가슴들이
다시 태어난 무심한 상처처럼
언제까지 함께하려 드나?

추억 속 혼잣말들이
꿈이라는 허울이지만
어색한 시절 잊힘이겠지

퇴색한 위선을 만나면
지나쳐 간 삶에 게 물어봐야지
고통은 어디까지 왔는지

어떻게 해요
나같이 소리치는 현실들을
하얀 거짓말은 알고 있을까?

스마트폰으로 QR코드를 스캔하면 시낭송을 감상할 수 있습니다.

먼 길 바보 / 김노경

다음날 뜨거워진 하루는 떠나고
남겨진 햇살 조각으로
목마른 붓끝 늘어진 하루
눈물에 비친 시간이 아우성이다

먼 길 떠난 바보
새빨간 고독 마을에 사는 사람들
외발 의자에 앉은 것처럼
악어는 악어새를 불러내고 있다

손잡은 손끼리
미련을 묶어놓고
기다림으로 그리움을 뒤돌아보며
익숙해진 고민에 빠져든다

가슴 사거리 꽃다방
동트기 전 색동저고리
꽃향기를 따라주는 사랑
우리끼리 함께할까

갈바람 같은 바보 웃음
새벽녘 산 너머 바나를 본나
먼 길에 지친 시절은
수많은 생각만 만나고 있다

스마트폰으로 QR코드를 스캔하면 시낭송을 감상할 수 있습니다.

추억 타령 / 김노경

약간은 모자란 눈물 타령
현실 쫓아다니느라고 바쁘다
종이컵 식은 커피는 짜증이다
가녀린 너의 뒷모습처럼 그립다

추억은 말로서 만들어지는 그림자
기억된 온 누리 고통의 구속
살기 위한 현실을 먹고 사는 오늘
추억이란 말은 슬퍼진 현실이다

새로운 파라다이스
사랑이 묻는 말이 있을 것이다
새로운 시간의 옷을 갈아입을 때
무엇을 했느냐고 물어보고 싶다

슬픈 회상의 시간일 뿐
현실을 살기 위한 순간이었겠지
거짓 포장지로 나를 속이는 건
추억을 욕하는 것과 같을 거야

스마트폰으로 QR코드를 스캔하면 시낭송을 감상할 수 있습니다.

그 자리에 두기로 해요 / 김노경

고독한 시간들을
어젯밤 마음에 안겨
아무 일 없는 것처럼
비틀거리는 행복에 입 맞추고 싶어

마지막 숙명 반복된 사랑들은
눈물 적신 손수건 냄새에 젖어
기억처럼 사는 숨 가쁜 호흡
새하얀 연정 들이 헐떡인다

뒤범벅된 시절 냄새
엷길로 새는 삶들이
그렇게 살아가듯
억울한 오늘을 앞장세우고 있다

어떤 하루 비린내 삶들은
할 말 많은 마음 정 인가보다
벼랑 끝 사랑에 취한 갈등들이
온종일 자유에 떠밀려 가고 있다

아파서 사는 것을 아는 것이겠지
죽을 것 같은 사랑 직징
콧노래처럼 시간과 꿈이 잠들면
또다시 그 자리에 그냥 두기로 한다

스마트폰으로 QR코드를 스캔하면 시낭송을 감상할 수 있습니다.

시인 김락호

프로필
(현)(사)창작문학예술인협의회 이사장
(현)대한문인협회 회장
(현)도서출판 시음사 대표
(현)대한문학세계 종합문화 예술잡지 발행인
(현)명인명시를 찾아서 CCA TV 대표
(현)대한창작문예대학 교수
저서 : 시집 <눈먼 벽화>외 10권
소설 <나는 야누스다>
편저 : <인터넷에 꽃 피운 사랑시>외 300여권
명인명시 특선시인선 매년 저자로 발행
시극 <내게 당신은 행복입니다> 원작 및 총감독
<CMB 대전방송 케이블TV 26회 방송)

장편소설 <나는 야누스다>

나를 불사르자 / 김락호

욕심이 부른 탐욕에서
마음에 메아리치는 갈망을 잠재우고
우쭐대는 지식의 구렁텅이에서
살아 있는 것의 최상위인 나를 불사르고
그는 산이 되었다

구름이 되었다
개미가 되었다
나를 주워 먹던 바퀴벌레가 되었다

모든 것의 위에서
모든 것의 아래까지
나를 버리고 그가 택한 것은 또 다른 그 모든 것이다

버리고 얻음에서
세상의 원안에 하나만을 존재케 하는
그의 자아는 우주이다

가끔 욕심이 나를 옥죄일 땐
털어버릴 수 없는 허탈감으로
그와 같이 될 수 없는 나를 단죄한다

가질 수 없는 세상에서
바둥거리는 나를 단죄한다

내 안에 나를 가둔다.

스마트폰으로 QR코드를 스캔하면 시낭송을 감상할 수 있습니다.

시간의 질곡(桎梏) / 김락호

겨울 초입 서산을 넘어가는 해에
나를 담는다

노을이 내리는 능선에
눈동자를 휘둥그레 굴려보지만
희미한 자국만 남긴 채
떠나갈 해에 기대할 것은
이제 그리 많이 남아있지 않는다는 것을 안다

지체 않고 솟아오르던 힘찬 기운이
늙은이의 발밑에 이르러
한 줌 불씨로 가물거리는 빛과 어둠은
결코 타협할 수 없는 존재였다

모든 것을 담으려 하던 젊은 태양은
푸른 벽차오름으로 살다가
갈잎의 약속에 뜨거운 빛을 소진하고
발끝부터 스멀거리며 올라오는
어둠을 물리칠 명분을 잃어버린
빈 헛쭉정이가 되어 간다

이제 거침없던 붉은 태양보다는
어둠에 길들여질 늙은 해를 본다

검붉은 구름에 가려진 해는 더 이상
그 여름의 젊은이가 될 수 없음에
노을 진 손등을 들어 잡아보지만
이젠
주름진 삶이 꺼이꺼이 서쪽으로 사위어 간다.

스마트폰으로 QR코드를 스캔하면 시낭송을 감상할 수 있습니다.

멍든 하늘에 던진 혼돈 / 김락호

바람이 매섭다
하지만 잔설은 그저
귀신이 춤을 추듯 그렇게
리듬에 흥겹다

걸망을 짊어지고
무심한 듯 무덤덤하게 선
한 그루 붉은 소나무는
시간 저쯤에서 흰색이다

푸른 솔가지는 흰 눈을 짊어지고서야
더욱더 푸르고
회벽 하늘은 푸르름을 먹어버렸다

흑과 백 사이에 선 혼돈에서
하늘을 이고 나는 것이
까마귀이든 고니든
이제 와 내가 탓할 게 무엔가

시절도 모르고 피어나
얼어 죽는 개나리처럼
비천함이 되지 말고
얼어 갈라 터진 나무 틈을 뚫고
꽃을 피우는 겨우살이처럼
벗에게 봄이 옴을 말해주자

그리하여
지난겨울에는 고픈 배를 속이려
긴 잠을 잤다고 귀엣말로 남겨두자.

스마트폰으로 QR코드를 스캔하면 시낭송을 감상할 수 있습니다.

너와 내가 공존하는 바다 / 김락호

육지와 바다가 공존하는
질퍽한 갯벌에
내 삶을 잠시 묻어둔다

거친 바다엔
물 톱이
기억하기 싫은
내 삶 속 애환과 환희를
한 맺힌 잠재의식을
하나둘 썰어 내듯
톱질을 해댄다

묵묵히 이 자리에서 이대로
세월의 지문을 각인시키며
이별과 만남의 세월 속에
수많은 사연을
물비린내로 씻어 내린다

너와 나
나와 너
각기 다른 사연을 얼싸안은 채
힘겨움에 헐떡이며 달려와
해변에 길게 누워
허기진 수포만 되새김질해댄다.

스마트폰으로 QR코드를
스캔하면 시낭송을 감상
할 수 있습니다.

별빛 그리움 / 김락호

바라보지 않아도
너는 거기서 하얀 꽃밭을 이룬다

아름답다고 예쁘다고 널 꺾을 수도
시들었다고 버릴 수도 없다

거기서 그렇게 너는
환한 별 밭을 이뤄
오늘도 미소 띤 빛으로
우리 사랑을 꿈꾸게 한다

너를 바라보는 내 눈엔
하얀 그리움 하나 떨어진다

밤바람에 제 살끼리 어루만지며
구슬픈 풀잎 노래 흐르면
가슴까지 젖어오는 그리움에
애써 눈을 감는다

물과 빛이 없어도
사랑 그 하나만으로
따스한 달무리와
까만 하늘을 잔잔한 그리움으로 색칠한다.

스마트폰으로 QR코드를 스캔하면 시낭송을 감상할 수 있습니다.

시인 김정섭

프로필
경북 문경시 거주
대한문학세계 시 부문 등단
(사)창작문학예술인협의회 회원
대한문인협회 대구경북지회 정회원
2022년 신춘문학 전국 공모전 은상
2022년 짧은 시 짓기 전국 공모전 금상
2022년 순우리말 글짓기 전국 공모전 은상

2020년 대한문학세계 가을호

여름을 감아버린 더덕꽃 / 김정섭

태양의 조각들이 펄럭이고
배롱나무 연분홍 꽃
뜨거운 햇살을 가슴으로 품는다

8월의 폭염
목청껏 울어대는 매미 소리
쏟아지는 그리움도
바람 속에 허공을 가르고

더위 속에 날기를 거부한
참새도 맥을 놓고 눈살을 찡그린다

푸른 잎에 숨은 청포도
쏟아지는 여우비에 몸을 맡기고
옥수수밭에서 건너온
더운 바람에 날개부터 말려본다

진한 향기의 더덕꽃
그리움을 감아버린 당신
시어 하나 찾아서
소리 없는 어둠 속에서
허락 없이 당신에게 달려간다.

스마트폰으로 QR코드를 스캔하면 시낭송을 감상할 수 있습니다.

당신이라는 꽃 / 김정섭

수많은 별들 중에
당신의 옷자락을 잡은 인연이고 싶다

입춘이 지난봄 찬바람 속에서
매화의 붉은 꽃 몽우리가 부풀고
파란 하늘에 따스한 햇살은 가슴으로 스며든다

별도 달도 숨어버린 공간
시간은 빛을 토하지 못하고
침묵을 깨우지 못했다

흔들리는 촛불에 촛농은 흐르고
고운 모습은 흐트러진 꽃잎 되어
문풍지 펄럭이는
초가집에서 당신은 젊은 날을 돌아본다

살며시 잡은 손에 고랑 진 인생사가
주마등처럼 스쳐 지나가고
감은 눈가에 맺힌 이슬은
나의 가슴으로 높은 기압의 전율이 흐른다

아 어떻게 하나
보고 있어도 보고 싶은 꽃인데.

스마트폰으로 QR코드를 스캔하면 시낭송을 감상할 수 있습니다.

시인의 휴대폰 / 김정섭

찬바람은 살갗을 스치고
잔설 속에서 움트는 복수초 기다림을 당겨
샛노랗게 마술을 뿌려놓고

봄의 길목 돌담 아래
흰 바탕에 푸른빛 봄까치꽃 피어
봄소식과 더불어 갤러리에 입점한다

선의 아름다움도
흑백의 도도함도 붉은 양귀비 같아
당신의 형색(形色)과 비교함을 거부하며

바탕화면에 詩 한 수 띄워 놓고
그리우면 그리울 때
소나무 우거진 조곡관 약수터에서 목을 축인다

케냐의 원두커피 콩을 갓 볶아낸 향기
그 구수함이 묻어나는 시간
핑크빛 음악이 흐르는
블랙의 유니크 한 디자인 당신이 좋다.

스마트폰으로 QR코드를 스캔하면 시낭송을 감상할 수 있습니다.

바람개비 / 김정섭

백화산 등줄기 옥녀봉 자락 아래
나지막한 집 한 채 내 고향 용마골

호박 덩굴 감아올린 삽짝 하늘가
푸른 잎 사이 햇살이 쏟아지고
어제의 바람이 손등을 스칠 때
손가락 사이로 빠져나간 추억들

여름이 익어가는 날
멈춰버린 화면에 한 뼘 늘어진 구름
향수에 젖은 콩밭에 허수아비
산까치처럼 울다가 멍하니 바람개비 돌려 본다

알람 없는 조용한 시골집 뒤뜰에
무성한 잡초 속에 동차는 달리고
바람에 살랑이는 코스모스
길섶에서 그리운 당신을 찾는다.

스마트폰으로 QR코드를
스캔하면 시낭송을 감상
할 수 있습니다.

봄날의 꽃향기 / 김정섭

빙점의 자리에 보랏빛 제비꽃
가녀린 꽃대 허리 굽혀 춤추는 날
촉촉함이 묻어나는 매화의 붉은빛은
봄의 향연입니다

잿빛 구름에서 떨어지는 봄비
나뭇가지에 쌓이는 감성의 빗방울처럼
짙은 당신의 그리움입니다

연둣빛 늘어진 버들피리 소리는
아지랑이 강물에 음률로 흐르고
산수유 꽃잎 속에 수줍은 당신 미소
따스한 햇살로 퍼져옵니다

하얀 백지 위에 시어를 펼쳐놓고
끝나지 않은 길에서
시작하는 사랑으로
봄날의 꽃향기를 수레에 담아
하늘가 여백에 꽃을 피웁니다.

스마트폰으로 QR코드를 스캔하면 시낭송을 감상할 수 있습니다.

시인 김희경

프로필
대한문학세계 시 부문 등단
(사)창작문학예술인협의회 회원
대한문인협회 부산지회 정회원
<수상>
2018년 향토문학상 동상
2019년 짧은 시 짓기 장려상
2019년 한국문학 향토문학상
2021년 한국문학 발전상
2022년 짧은 시 짓기 동상
<저서>
시집 "바람을 받아쓰기 하다"
<공저>
2020년 유화로 보는 명인명시선
2021년 현대시와 인물 사전
박영애 시낭송 8집 '시 마음으로 읽다'
박영애 시낭송 9집 '명시 언어로 남다'
시를 꿈꾸다 1, 2, 3, 4
2019, 2020, 2021 명인명시 특선시인선

시집 <바람을 받아쓰기 하다>

가을이 오면 / 김희경

가을이 오면
그대 그립다고 울먹이는 일로
이곳저곳 서성이지 않아야겠네

온통 맑은 얼굴들에게
온통 아름다워 멈추게 하는 풍경들에게
온통 먹먹히 멍꽃으로 울리는 가슴들에게
부끄러워서라도 그래야겠네

반백 년 세월에
내 가슴 자락 멍든 일 많았다고 해도
빛 곱게 피워낸 멍이었다면
그 곁에 하염없이 서 있어도 좋겠지만

나는 그냥
먼 산 넘지 못한 산구름 속에나 숨어
아직도 아프게 그립다고 살짝 편지나 써야겠네

내려오는 길
우체국에 가도 부칠 주소를 잃었으니
산문 곁에 물끄러미 띄워보고
구설초 가슴 수놓은 시집핀 속에 들어
남은 그리움 몇 개 듬성거려 시침해보며
염치없이 홀로 애잔해져야겠네

스마트폰으로 QR코드를 스캔하면 시낭송을 감상할 수 있습니다.

그리도 좋으신가 / 김희경

괜찮다
살아진다는 무언의 말을
싸늘한 몸짓으로 하시더니
이내 산소통 짊어지시고
유유히 떠나신 님이여
그 호스는 내 심장에 맘대로 꽂으시고
심연 속으로 잠수를 감행하셨네
떠오르는 몸짓이라도 하신다면
심장을 꺼내서라도 당겨 내보낼 텐데
더 깊게만 깊게만 숨어드시는 님이여
내 살아서
내 살아져서
그대 계신다 할 요량이신가
내 사는 날까지
내 살아내는 날까지
그대도 사는 거라 할 요량이신가

그곳이 그대...

그리도 좋으신가

스마트폰으로 QR코드를 스캔하면 시낭송을 감상할 수 있습니다.

그대 속 뜰에 평상 하나 놓아 / 김희경

그대 속 뜰에 평상 하나 놓아
폭염에도 눕지 않았던 토란대
늦기 전에 가져다가 잘 말리고
소박히도 영근 박 따다가
얇게 손질해 잘 말리고
우수수 모래알처럼 자꾸 떠나려 하는
참깨 같은 세월도 좀 말려야겠네
이 마음에 저물지 않은 사랑도
잊지 않고 닦아서 잘 말려 두어야겠네

어느 겨울
뾰족한 고드름 같은 시간이
그대를 힘들게 할 때
말려둔 나무랄 데 없는 나물들 잘 데치고
가슴에 물기로 새록새록 살아나는 사랑과
지난한 세월을 견뎌 더 구수해진 참기름으로
정성껏 알맞게 버무려서
그대 속 뜰 평상에 차려주어야겠네
그대 시린 허기 달래야겠네

스마트폰으로 QR코드를 스캔하면 시낭송을 감상할 수 있습니다.

오이꽃 / 김희경

가만히 봐요
새순 터뜨릴 때 놀라서 깨는 잠들었던 별
순을 스쳐 간 바람마다의 가려운 숨결

누가 어떤 가슴에서 꺼내왔나요
저 나비들 날아들 때 벅찬 사랑
햇살이 낳는 그림자마저
그림자의 그림자마저
초록물 올려요

가만히 들어봐요
꽃잎이 낳는 신음 소리
흙이 젖도록 산통을 하고
하늘을 저토록 길게 낳고
하늘이 노란 물 다 먹을 때
비로소 부서져요

저 작은 꽃이 부서지면
파르르 하늘빛 소름 울어요
파르르 물빛 향기 울어요

스마트폰으로 QR코드를 스캔하면 시낭송을 감상할 수 있습니다.

백일홍 나무에게 물어보렴 / 김희경

사랑이 무엇이냐고 묻고 싶거든
백일홍 나무에게 물어보렴

한겨울 노승의 지팡이처럼 서 있다가
봄 오는 길보다 먼저 길을 여는 나무

가지 하나하나, 이파리 하나하나에
온 마음 기울여 걸어주며
혼신 다해 생을 던져내는 나무

화무십일홍
그런 건 그의 사전엔 없어
십일이면 어떻고 백일이면 어때
백 년이면 어떻고 천년이면 어때
그를 살리고 내가 죽는다 해도 어때

살갗 다 헤지도록 해 가는 줄 모르다
꽃지고 이파리 모두 떠난 후
온전히 내어주고도 죄인인 듯이
빈 몸 홀로 속울음 삼키는 나무

관절 마디마디 바람의 얼굴
자신만 모르는 맑디 고운 빛
그 깨끗한 영혼의 침묵

사랑이 무엇이냐고 묻고 싶거든
백일홍 나무에게 물어보렴

스마트폰으로 QR코드를 스캔하면 시낭송을 감상할 수 있습니다.

시인 김희선

프로필
부산 거주
대한문학세계 시 부문 등단
대한문인협회 부산지회장 역임
(사)창작문학예술인협의회 이사

<수상>
2015년 순우리말 글짓기 전국 공모전 은상
2015년 한국문학 올해의 시인상
2017년 순우리말 글짓기 전국 공모전 은상
2017년 한국문화예술인 금상
2018년 짧은 시 짓기 전국 공모전 은상
2019년 베스트 셀러 최우수상

<저서>
시집 "인연의 꽃"

<공저>
낙동강 갈대바람
유화에 시의 영혼을 담다
명인명시 특선시인선
유화로 보는 명인명시선
詩 마음 담다
현대시와 인물 사전

시집 <인연의꽃>

가을 노래 / 김희선

건조한 침묵 속
어디선가 날아든
맑은 음표 하나

아! 가을

그 이름만으로도
가슴 설렌 행복

내 삶의 언저리에는
늘 쓸쓸한 빈터 하나
휑하니 남아

갈대의 울음 섞인
갈라진 바람 소리도
애잔한 기다림
들꽃의 여린 숨결도

더는 사랑할 수 없는
계절이어도

멈출 수 없는 노래

추억은 와인처럼
오래 묵을수록
그 향기도 짙어진다

스마트폰으로 QR코드를 스캔하면 시낭송을 감상할 수 있습니다.

가을 엽서 / 김희선

가을이 왔습니다

가슴안에 더는
파랑새는 날아들지 않지만
맑은 피아노 선율은
여전히 심금을 울립니다

텃밭에 뿌려둔 씨앗들은
향기로운 열매를 맺으며
알차게 여물어 가고
저물녘 창가에
가을은 점점 깊어가겠지요

애당초 어긋난 인연 앞에
길게 드리워진 침묵의 강물 위로
가을 엽서 한 장 띄워 보냅니다

그곳에도 가을이 무르익으면
지나가는 갈바람에
예쁜 단풍 소식 전해 오겠지요

스마트폰으로 QR코드를
스캔하면 시낭송을 감상
할 수 있습니다.

당신이 있었지요 / 김희선

이별의 초조함을 화려함 뒤로 감추고
가을의 야윈 속살이
찬바람에 흩어져 날리네요

언제부터인가
어설프고 모자라는 내 모습
습관처럼 뒤돌아봅니다

안주하고 싶고
조금이라도 가벼워지려고
내려놓는 연습을 하고도

앞으로 나아가는 것보다
되돌아오는 길이
더 큰 용기가 필요하다고

욕심이 아니라고
이미 선택된 운명이라고
스스로 위안이 변명이 되고

이별이 부담스러워 바람 따라
가던 길을 나섭니다

그래요
내 삶의 막다른 곳에는 언제나
특별한 당신이 있었지요

스마트폰으로 QR코드를
스캔하면 시낭송을 감상
할 수 있습니다.

그대에게 가는 날엔 / 김희선

지난날의 그대여
한달음에 달려가서
와락 끌어안고 싶은 마음 꾹꾹 눌러
사랑을 말하지 못했기에
이별의 시간도
애써 변명하진 않았지요

내 안의 간절한 울림이 있을 때
비로소
영혼은 깊은 잠에서 깨어나
삶에 지친 육신에
생기를 불어넣는다는 걸

시린 가슴 부여잡고
갈망의 늪에서 허우적거리던 시절을
너무 오래도록 추억하진 말기로 해요

말간 햇살 가득 순풍 부는 날
갈매기 울음소리 번지는
옥빛 바다 위로
순항의 돛을 높이 띄울게요

스마트폰으로 QR코드를 스캔하면 시낭송을 감상할 수 있습니다.

행복은 / 김희선

까르르까르르
천진난만한 아이의 웃음소리
방긋방긋
봄꽃보다 더 예쁜 미소
행복이 따로 있을까

죽음의 문턱까지 다녀왔다는
수화기 너머
그녀의 가냘픈 목소리에도

3개월마다 생명줄을 부여받고
현관문을 들어서는
그의 고단한 미소에도
행복은 묻어있다

벌레 먹은 나뭇잎처럼
남은 생은 조금씩 지워져 가도

지금 살아 있음이 행복이라고
불행 속에 진정한 행복이 있다고
운명은 내 안에서 속삭인다

스마트폰으로 QR코드를 스캔하면 시낭송을 감상할 수 있습니다.

시인 남원자

프로필
경기 광주 거주
서울문화예술대학교
대한문인협회 경기지회 정회원
대한문학세계 시 부문 등단, 신인문학상
(사)창작문학예술인협의회 회원

2020년 9월 좋은 시 선정
2020.12월 조세금융 신문 詩가 있는 아침 '시' 선정
2021년 한국문학 올해의 시인상

<공저>
대한문인협회 경기지회 동인문집 "달빛 드는 창"
2021, 2022 명인명시 특선시인선
박영애 시낭송 모음 9집 "명시 언어로 남다"
가슴 울리는 문학 동인시집 2
"설렌 감성으로 가울문"

2022 명인명시 특선시인선

여름이 다가오면 / 남원자

싱그러운 초록 잎들이
너울너울 블루스 춤추고
바람과 함께 입을 맞춘다

개망초가 나 좀 봐요
함께 손잡고 놀자고
궁딩이 내밀고 유혹한다

금계화가 황금빛으로
화려하게 춤을 추고
어서 오라고 손짓한다

능소화가 담장에 올라
떠난 임 그리워
목을 빼고 올려다본다

파란 하늘에 흰 구름 두둥실
실개천에는 송사리 떼
개구리 개골개골 울어대는
밤꽃이 필 때면 생각나는
정든 임 그리운 사랑이여!

스마트폰으로 QR코드를 스캔하면 시낭송을 감상할 수 있습니다.

하모니카 부는 사나이 / 남원자

흰 눈이 소복이 내리는
창가에 우두커니 앉아서
들숨 날숨으로 하모니카 부는
두 눈에 눈가는 축축하다

지나간 시절 회상하면서
청춘을 불사르던 시절
애절하게 들리는 하모니카 소리에
이 밤 고요한 장막을 깬다

가슴속에 맺혀진 응어리진
피 맺힌 사연 가슴에 담아
천상에서 들리는 애절한 노래
그 누구인들 슬프지 않겠는가

향긋하게 피어오르는 커피 향
고요하게 들려오는 노랫소리와
이 밤 고독한 시간 그 누구와
그리운 사연을 이야기할까?

스마트폰으로 QR코드를 스캔하면 시낭송을 감상할 수 있습니다.

사계절 선물 / 남원자

봄에는 연두와 새싹으로
생동하는 계절과 함께
긴긴밤 동굴 속에서
깨어나오는 이쁜 새싹들
부지런히 일어나라고 한다

연두색이 이쁘다고 아우성칠 때
서서히 기지개를 켜고
자라는 초록 나무들
고개를 들고 따뜻한 햇볕
양분을 찾아 양지 밭으로 간다

사랑을 듬뿍 받은 나무는
알록달록 화려한 원피스 입고
비발디 멜로디에 맞추어
발라드 춤을 춘다

엄마는 아기를 위해 젖을 먹이고
아기는 엄마 젖을 먹고
무럭무럭 잘 자라고 성장한다
받은 사랑 되돌림하고
그리움만 남기고 홀연히 떠난다.

스마트폰으로 QR코드를 스캔하면 시낭송을 감상할 수 있습니다.

나팔꽃 / 남원자

활짝 핀 나팔꽃
담장 위에 누굴 보려고
자꾸만 위로 올라가는가

아침이면 새벽이슬 머금고
파릇파릇한 잎사귀
연분홍 립스틱 짙게 바르고
활짝 웃어 주는 너

내가 웃으면 같이 웃어주고
내가 슬프면 같이 슬퍼해 주고
해님이 사라지면 입을 다무는 너

나팔꽃 옆에 나풀나풀 강아지풀
어서 오라고 손짓을 하는데
사람들은 서로 얼굴 마주 보면
웃지 않고 입을 가린다

7월의 희망에는 마스크 벗고
서로 마주 보며 악수하고
빨간 립스틱 바르고 싶다.

스마트폰으로 QR코드를 스캔하면 시낭송을 감상할 수 있습니다.

비 오는 날의 수채화 / 남원자

피아노 선율에 맞추어
경쾌하게 내리는 빗방울
나뭇잎 사이로 사각사각 흘러내린다

운무에 쌓인 구름 속으로
녹음이 짙어가는 오월을 뒤로하고
장미꽃의 화려함도 서서히
고개를 숙이고 있다

높은 산의 웅장함도 운무에 싸여
하얗게 피어오르는 꽃송이 같다
뭉게구름 속에서 신호를 보낸다

거대한 용구름도 꽃이 되어
수채화처럼 그림을 그리고
운무 뒤에 숨어 있는 하얀 조각들
비 내리는 숫자만큼 사랑의 멜로디가 된다

자연의 아름다움 속에서 나뭇잎들이
너울너울 춤을 춘다
꽃들은 수줍어서 고개를 들지 못하고
새들은 좋아라 하늘을 날아다닌다.

스마트폰으로 QR코드를
스캔하면 시낭송을 감상
할 수 있습니다.

시인 박남숙

프로필
시인, 시낭송가
대한문학세계 시 부문 등단
(사)창작문학예술인협의회 회원
대한문인협회 운영위원장
대한문인협회 대구경북지회 홍보국장
대한시낭송협회 정회원

<수상>
2018년 향토문학 작품경연대회 대상
2019년 순우리말 글짓기 은상
2021년 신춘문학상 은상
2022년 순우리말 글짓기 동상

<저서>
시집 "그리운 것은 사랑이다"

시집 <그리운 것은 사랑이다>

달빛에 걸린 그리움 / 박남숙

고빗사위를 물결처럼 다가와
낮은 노둣돌을 넘는 흩어진 발그림자
잃어버릴 수 없는 그때의 숨결을 더듬어 본다

살몃살몃 다가와 속살거리는
아버지의 지게는 산다라 하게
쉼 없이 자드락밭을 오르락내리락
등걸에 짊어진 곰방대에 담뱃잎만 눌러 담는다

달구지 타고 모내기하러 가실 땐
"막내도 타라" 줄이라도 잡게 하시던 메아리가 들려옵니다
막내딸 눈에 밟혀서
어찌 발걸음을 옮기셨을까

다듬잇돌에 내려앉은 어머니 모습이
노을빛에 아른거려 감나무 그루터기에 앉아
재넘이 따라 허기진 그리움이 깊어간다
달빛에 피어나는 꽃가람에 마음 달래봅니다.

스마트폰으로 QR코드를
스캔하면 시낭송을 감상
할 수 있습니다.

사랑꽃 / 박남숙

말초신경의 기억
더듬이 하나 꺼내어
묻어두었던 고요를 깨운다

세포마다 수줍게
숨 고르는 가녀린 햇살이
눈물빛 이슬을 비춘다

바람의 흔적을 지운
호반의 윤슬
소리 없이 물오른 꽃눈을 밀어 올려
그리움을 키운다

흔들리지 않고 걷는 生이 있겠느냐
조금씩 흔들리는 잔물결 삭히며
그대와 삶을 풀어가는 인연 꽃이 되고 싶다.

스마트폰으로 QR코드를 스캔하면 시낭송을 감상할 수 있습니다.

견우직녀 달 / 박남숙

물구슬이 가득 담긴 연못가
쪽잠을 잤는지 푸른 침대에
꼼지락거리며 바람에 흔들리는 샛강의 아침

연꽃 그늘이 제집인 양
이리저리 헤엄치는 소금쟁이
한낮의 꿀잠을 불러들이는 산들바람

자꾸만 번져 들어
연꽃으로 울렁거리는 강가에 서면
그대 생각이 연꽃보다 먼저 와
그리움의 비늘이 심장을 더듬거린다

초록 잎에 매달린 달콤한 시어 하나
사랑의 시선으로 서로를 보듬는
사람들의 정다운 발걸음 소리
실타래처럼 연꽃이 보석처럼 핀다.

스마트폰으로 QR코드를 스캔하면 시낭송을 감상할 수 있습니다.

여름꽃 / 박남숙

스며오는 풀잎의 향기
어느새 칠월 끄트머리에 날아들어
눈부시게 고운 자태의 꽃술이
유혹의 살점을 박음질하고 있다

인연의 날개가 뒤척이는 기왓장에
사랑의 서약을 숨겨둔 채
소나기에 씻겨 능소화 뿌리로
처연한 잠을 청하며 눈물을 삼킨다

불어오는 바람결에 행여나 임 오실까
허기로 채워진 그리움의 주홍 꽃잎
기약 없는 기다림의 눈빛만이
처마 끝에 풍경소리로 그대를 불러본다

붉게 피어오른 노을빛에
빗금 친 마음 문고리에 걸어놓고
그대를 향한 부푼 가슴 길게 뻗은 능소화
살몃살몃 사립문만 바라보며 별이 되어 울먹인다.

스마트폰으로 QR코드를 스캔하면 시낭송을 감상할 수 있습니다.

갈증 / 박남숙

구멍 숭숭 뚫린 허기진 관절
페달을 밟고 있던 기억의 선로
비포장도로를 달리는
자전거를 따라온 노을빛이
가로등을 켜고 있다

서로의 안부를 챙기던 사람과 간격 사이
어둠의 파편들이 뿌려 놓은 별똥별처럼
가끔은 회색 도시를 빠져나가
회귀의 본능처럼 숲에 부동자세로 있고 싶다

죽도록 사랑한 사람도
빛바래 흩어지고 굳어가고
어느덧 퇴색해버린 희나리가 되어
말라가는 꽃잎이 흩날리던 그 자리

다락방에 숨겨 놓은
추억의 일기장을 넘기며
꼬깃꼬깃 접어둔 사랑의 징표가
포말처럼 사위어간 곳
달콤한 그대를 꿈속으로 소환하고 싶다.

스마트폰으로 QR코드를 스캔하면 시낭송을 감상할 수 있습니다.

시인 박미향

프로필
대한문학세계 시 부문 등단
(사)창작문학예술인협의회 회원
대한문인협회 정회원
안산시낭송예술인협회
수원문인협회
시문회

<저서>
시집 "산 그림자"

시집 <山 그림자>

가족 / 박미향

보이지 않는 믿음 고리
두 손을 맞잡고 있는 동안
눈에 보이지 않아도
사랑의 밀어 속삭이지 않아도
마음 한 자락 넉넉한 그림자로 깔아두면

때론
아옹다옹 투덜거림도 그리워지는 법
서로의 발자국 찾아 밟고 가다 보면
소리 없이 읽히는 땀내 절은 등짝
가족을 위해 헌신 공양하는 순간
두려움보다 한 아름 넘치는 행복.

스마트폰으로 QR코드를 스캔하면 시낭송을 감상할 수 있습니다.

인생 꽃이 있다면 / 박미향

살아가는 의미를 준다면
꽃으로 피고 싶다
인생의 절반이 지난 지금
평범한 삶이라면
앞날의 인생도 꽃을 피우며 살고 싶다

화려한 무대 연출하는 장식처럼
채워야 하는 곳이라면 어디든
꽃으로 채우고 싶다

피고 지고 울며 웃으며 부대끼는
나그네 가는 길목에 서성이면서도
꽃길로 마지막까지 살고 싶어라

스마트폰으로 QR코드를 스캔하면 시낭송을 감상할 수 있습니다.

보춘화 / 박미향

아름다운 모습
언제 보려나 기다렸네

새봄이 열리는 산골
보란 듯이 예쁘게 자랑하네

겨우내 움츠렸던 기지개 켜고
임 마중 나오셨네

순수한 마음 참으로 고와라
나를 닮은 모습처럼

가녀린 모습으로
새초롬히 얼굴 내민 봄
오늘이 가기 전에
활짝 웃어 보리다.

스마트폰으로 QR코드를 스캔하면 시낭송을 감상할 수 있습니다.

자초 / 박미향

만지면 터질 것 같은 작은 꽃망울
겨울바람 들이대도 터지지 않고
하얀 솜털에 손길이 닿으면
여린 속내임 감추듯 달아난다

고운 자태를 훔치려
지하 깊은 곳까지 파헤쳐 보니
곱게 내려선 당신의 나체를 본 순간
흥분의 도가니 속으로 빠져드네

벙어리 냉가슴앓이라도 녹일 듯
뽀얀 피부가 아닌 빨간 몸뚱이
당신의 붉은 선혈에 흠뻑 취하고 싶은 날.

스마트폰으로 QR코드를 스캔하면 시낭송을 감상할 수 있습니다.

마스크 시대 / 박미향

원하지 않고 뜻하지 않은
바이러스 침투
긴 시간 동안 잠재우지 못했다

향기도 냄새도 보이지도 않는 것이
스토커처럼 뒷조사하는 걸까
세상을 흔들며 따라다닌다

시대를 초월하는 신세계 바이러스
공중을 회전하며 떠도는 비말
21세기 공간이 위태롭다

도약하는 세월을 멈추는 잠재력
서로를 밀고 당기며
거리 두기 생활에 갇혀 버렸다

아름다운 삶의 시대로
활기찬 미래를 꿈꾸는 날이
빨리 왔으면 좋겠다.

스마트폰으로 QR코드를
스캔하면 시낭송을 감상
할 수 있습니다.

시인 박영애

박·영·애·시·낭·송·모·음·집

프로필
대한문학세계 시 부문 등단
문예창작지도자 자격증 취득
시낭송지도자 자격증 취득
현) (사)창작문학예술인협의회 부이사장
전) 대한시낭송가협회 회장
현) 대한시낭송가협회 명예회장
현) 대한창작문예대학 지도 교수
현) 시낭송교육 지도 교수
현) 대한문학세계 심사위원
현) 대한문화예술방송 아트티비
'명인명시를 찾아서' MC
현) 조세금융신문 '詩가 있는 아침'
시 소개와 시낭송 연재

<공저>
시 마음으로 읽다 엮음
명시 언어로 남다 엮음
낭송하는 시인들 엮음
2015-2022 명인명시 특선시인선 선정
대한문인협회 대전충청지회 동인지
"삶이 담긴 뜨락",
"충청의 향기 비단강처럼" 외 다수

박영애 시낭송 모음 9집
<명시 언어로 남다>

시향에 삶을 누이고 / 박영애

컴퓨터 앞에 앉았다

습관처럼 손가락의 움직임은
어우러진 삶이 울려 퍼지는 곳으로
향해 있다

마음이 움직이는 데로
그 삶에 기댄 체 내어맡긴다

때로는 따뜻함에
지친 맘 위로받고

때로는 사무친 마음 담아
그리운 사랑도 전해주고

때로는 희망 가득 담아
환한 웃음 짓게도 한다

그러나

오늘은
종이에 스며든 잉크처럼 흐르는 눈물은
마음 깊이 얼룩진 흔적을 남긴다.

스마트폰으로 QR코드를
스캔하면 시낭송을 감상
할 수 있습니다.

내 생애 첫 열매 나의 딸 소혜 / 박영애

첫사랑
첫 경험
너와의 시작은 늘 처음이다
무수히 많은 시간이 흘러도 항상 처음 출발선이다

네가 내게로 와 열매를 맺을 때까지 사랑으로 너를 품었고
이 세상에 태어나던 날 그 위대한 엄마라는 명칭을 얻게
되었지만
부족함 많은 엄마여서 네가 고생 많이 했다

그 작은 몸에 손가락 열 개 발가락 열 개가
꼼지락꼼지락 움직이는 것도 신기했고
처음 옹알이를 하면서 엄마 아빠를 부를 때는
온 세상 부러울 것 없이 행복했다

첫 이가 나고 또 첫 이가 빠져 새 이가 나올 때
걸음마를 떼고 제법 달리기를 잘할 때쯤
쿵쾅거리는 가슴을 안고 너를 학교에 보내면서
학부모라는 명칭을 새로이 선물 받았다
열정이 앞선 엄마의 기대 맞추느라 네가 참 고생했다

소중한 네가 찾아와 엄마라는 아빠라는 이름으로
그 어떤 값으로도 보상받을 수 없는 행복과 기쁨을 누렸고
때로는 그 기쁨만큼이나 함께 웃고 울기도 했다

어느덧 시간이 흘러
네 옆에는 엄마 아빠가 아닌
너를 사랑하고 아끼는 네가 사랑하는 이가 있다
하얀 순백의 드레스를 입고 이 자리에 서 있는 네가
너무나 사랑스럽고 예쁘다

이 시간이 지나면 내겐 또 다른 명패가 생긴다
아직은 어색한 장모님이라는 호칭, 사돈이라는 호칭
모든 것이 낯설지만
너 또한 그러리라 생각한다

꽃보다 아름답고 사랑스러운 딸아
지금 사랑하는 그 첫 마음
먹구름이 몰려오고 거친 바람이 불어도 더욱 단단해져 가고
지혜롭게 더불어 살아가는 네가 되길 기도한다

이젠 혼자가 아닌 부부라는 인연의 고리로 둘이 하나 되어
같은 곳을 바라보면서 서로 아끼며 사랑하고 또 사랑하면서
인생의 아름다운 동반자가 되어
행복의 동행이 되길 간절히 기도한다

첫 시작은 익숙하지 않지만
설렘과 기대감 무엇을 새롭게 할 수 있는 용기와 마음
꿈꿀 수 있는 희망이 있어 행복이다

사랑하는 딸
너누 내게 늘 꿈이었고 행복이었고 희망이었고 사랑이었다
사랑한다! 나의 딸 소혜야 그리고 내 사위 내신아!

스마트폰으로 QR코드를 스캔하면 시낭송을 감상할 수 있습니다.

긴 기다림 / 박영애

녹슨 철모조차 버티기 힘든 세월이 흘렀다
이별의 아픔에 버티다 포기한 지금의 현실
노년의 희망가는 자유로운 철새가 되어 버렸다

달리다 멈추어선 철마의 고독
철커덕, 철커덕 간절히 바라던 믿음도
긴 고독에 못 이겨 고이 잠든다

한 많고 서러운 이별의 세월
버리지 못한 넝마는 가슴에 남고
못다 한 만남은 머리 위에 허연 서리로 내린다.

스마트폰으로 QR코드를
스캔하면 시낭송을 감상
할 수 있습니다.

너에게 내어 준 마음 / 박영애

내 마음속 깊이
씨앗 하나 심었다

그 씨앗은
햇빛과 바람, 비와 번개를 자양분 삼아
움트기 시작했다

새싹이 자라면서
심지 않은 이름 모를 잡초들이
내 마음을 가득 채우며 숨을 쉬지 못하게 한다

무성한 잡초들이
뿌리를 더 깊게 내리지 않게
매일같이 솎아내어 보지만 참으로 질기고 아프다

그래도 지켜야 할 새싹이 있기에
오늘도 난 고전분투하고 있다.

스마트폰으로 QR코드를 스캔하면 시낭송을 감상할 수 있습니다

시인 박희홍

프로필
대한문학세계 시 부문 등단
(사)창작문학예술인협의회 회원
<저서>
제1시집 “쫓기는 여우가 뒤를 돌아보는 이유”
제2시집 “아따 뭔 일로”
제3시집 “허허, 참 그렇네”
제4시집 “문뜩 봄”

제4시집 <문뜩 봄>

행복한 봄날 / 박희홍

괜한 심술을 부려도
입춘에 맞추어
계절의 근위병
교대식이 열린다

신기하다
날씨 변화의 시기를
어찌 그리 잘 알고
고개를 쑥쑥 내밀까
신비롭다

해도 달도 아닌데
덩두렷하게 빠르게도
떠오르니
꾸물대다 마중이 늦었다

그렇지만 오랜 기다림 끝에
마주한 반가움에
눈과 입가에 번지는
환한 미소에 행복의 꽃이 피어난다

스마트폰으로 QR코드를 스캔하면 시낭송을 감상할 수 있습니다.

외로움의 끝은 / 박희홍

기다림의 시작이
그리움이런가
기다림은 인고의 세월
그리움은 애잔한 시간

기다림은
첫눈이 손등을 적시는 날
그리움은 이빨 시린 고통

기다림도 그리움도
끝인가 보다 싶으면
밀려 오가는 파도
건드리면 툭 터질 듯한

곰삭은 눈물 눈물들

스마트폰으로 QR코드를 스캔하면 시낭송을 감상할 수 있습니다.

바람 그리고 꽃향기 / 박희홍

뒤란에서 불어오는 바람
오월 봄 향기 춤춘다

살포시한 종소리 같은
은은한 여운에 취한다

가슴속 따사롭게 하는
산들 한 연보랏빛 오동 향이다

도둑 비에 사그라진 향긋함
다시 코끝 발름할 날 기다려진다

스마트폰으로 QR코드를 스캔하면 시낭송을 감상할 수 있습니다.

지혜로운 노년 / 박희홍

너무 죄다 알려고
나대지 마
낫살이 얼만데
참견해서 뭘 하려고

춥지도 않은데
비 맞은 수탉처럼
잔뜩 웅크리면서도
나서서 용쓰겠다고

토라지지만 말고
늙어도 곱게 늙어야지
추하게 늙으면 쓰나
남사스럽게*

한 사람만이라도
알아주면 다행이지
아서라 나댄다고
누가 알아줄까 봐

스마트폰으로 QR코드를 스캔하면 시낭송을 감상할 수 있습니다.

가족사진 / 박희홍

늦둥이가 초등 삼 학년이던 봄날
한 컷에 담은
웃음기 가득하고 풋풋한
정다운 일곱 얼굴

오 년이 지난 가을날
큰 바구니에 옮겨 담았더니
밝은 표정에 의젓한 삼 남매
아직 어린 티를 벗지 못한 막내
부쩍 늙어버린 어머니

그때의 행복한 모습을 보고 있노라면
추억이 눈앞에 아른아른 떠오르고
축음기를 틀어 놓은 것처럼
지난날의 알콩달콩한 이야기 소리
잔잔하게 귓전을 맴돈다

핑곗거리 많은 세상사라
함께하기 쉽지 않아도
세월이 더 가기 전에
아기자기한 이야깃거리들
구순의 어머니께 안겨드려
찰지게 지지고 볶아내야겠다

시인 손영호

프로필
경북 울진 거주
대한문학세계 시 부문 등단
(사)창작문학예술인협의회 회원
대한문인협회 대구경북지회 정회원

2019 명인명시 특선시인선 선정
2019년 한국문학 향토문학상
2021년 한국문학 올해의 우수 작품상
대한문인협회 이달의 시인 선정
대한문인협회 금주의 시 선정

<저서>
제1시집 "세월이 바람인 것을"
제2시집 "시간은 나를 기다려 주지 않는다"
제3시집 "머문 곳에 향기 뿌리다"

제3시집 <머문 곳에 향기 뿌리다>

당신이라서 / 손영호

하나가 아닌 둘
당신이라서 참 행복하다

세상 버거운 일도
둘이라서 묵묵히 걸어갈 수 있었고
낙오된 길에서도
둘이라서 다시 일어서 걸어갈 수 있었다

수많은 날
꽃길보다 애수에 젖는 날이 많았고
풍요로운 날보다
늘 가난에 허덕이는 날이 더 많았기에
혼자 아닌 둘이기에 걸어 올 수 있었다

지금은 봄 아닌 가을 길로 가지만
떨어진 낙엽 보내고
당신과 나 둘
나란히 손잡고 따뜻한 봄으로 다시 걸어가련다

회고의 여심(旅心)을 버리고
그 어느 때의 그날처럼
당신과 나 둘
따뜻한 꽃길 걸어가련다.

스마트폰으로 QR코드를 스캔하면 시낭송을 감상할 수 있습니다.

여백 / 손영호

여백에
순백의 수를 놓고
서정의 빛에
매달린
나뭇잎을 바라본다

작은 호수에 깔린 바람의 이랑들이
윤슬로 살랑일 때
벼랑에서 떨어진 낙엽의 연서는
그 태고의 줄기를 타고
통통거리며
저 깊은 세상으로 흘러간다

풍랑의 길을 뚫고
겪어 보지 못한
매 순간들을 지나
종착도 모른 채
저 푸른 강물에서
공백을 메우지 못한
하나의 여백을 남겨놓는다.

스마트폰으로 QR코드를 스캔하면 시낭송을 감상할 수 있습니다.

뜸 들이는 인생 / 손영호

삶이 꿈처럼 흘러가고
인생이 연극처럼 펼쳐 저도
지금 내가 머문 곳에서 잠시 뜸을 들이며
숨을 고르고 싶다

저 가파른 언덕길을 걸을 때도
어둠 속에 굴곡진 길을 걸을 때도
앞이 보이지 않는 저 황량한 길에서
가끔 뜸을 들이고 쉬어가며 걷고 싶다

사계절이 지나고
겨울의 나목처럼
모든 걸 떨군 채
홀로 외로이
생유(生有)의 촉을 기다리는 나목의 숲에서
뜸을 들이며 쉬고 싶다

인생의 깊이에서 허덕이다
내 삶의 뜸을 베고 소용히 쉼을 하고 싶구나!

스마트폰으로 QR코드를
스캔하면 시낭송을 감상
할 수 있습니다.

나는 스스로 일어설 줄 아는 들풀이 되리라 / 손영호

강인함에 짓밟혀도
새삼
또
일어설 줄 아는 들풀이 되리라

긴긴날
한설에 쌓여
추위에 떨면서
다시 새 생명의 촉을 틔우는
강인한 들풀처럼
그렇게

폭풍이 지난 자리에
불굴의 의지로 살아나는
나는
그런 들풀로 살리라

그런
향기를 품고
세상으로 살아가리다.

스스로 일어설 줄 아는
들풀처럼
그렇게.

스마트폰으로 QR코드를 스캔하면 시낭송을 감상할 수 있습니다.

노을의 빛 / 손영호

하늘은 고요한데
저 하늘은
어찌 저리도 푸르고

금빛처럼
눈 부신 태양빛
저렇게도 아름다울까

담아도
다 담지 못한 풍광들이
빛으로 펼쳐놓고

저 떠오르는 노을이
저 하늘 중천으로 가로질러

어느새 흘러
저 서산에 지는
저녁노을이 되었나!

스마트폰으로 QR코드를
스캔하면 시낭송을 감상
할 수 있습니다.

시인 송근주

프로필
대전 출생
서울 거주
대한문학세계 시 부문 등단(2020년 9월)
(사)창작문학예술인협의회 회원
대한문인협회 정회원(서울지회)
숭실대 일반대학원 국문학과 석사 수료
숭실대 다형문학회 회원
숭실대 국문과 “문동이” 동인
2021년 7월 “명인명시를 찾아서” 출연
대한문인협회 시화전 참가
<저서>
제1시집 “그냥 야인”
제2시집 “뭔 말이야”
제3시집 “살아 있다”
<공저>
2021 현대시와 인물 사전
2022 명인명시 특선시인선
<수상>
대한문인협회 이달의 시인 선정(2021.11)
2021년 한국문학 올해의 작품상
0221년 한국문학 베스트 작가상
2022년 짧은 시 짓기 공모전 금상

제3시집 <살아 있다>

당신을 / 송근주

그리운 당신을 찾아 나선 날
그리운 당신은
그리움으로 그대로

외로운 당신을 찾아 떠난 날
외로운 당신은
외로움으로 그대로

고독한 당신을 찾아 보낸 날
고독한 당신은
고독함으로 그대로

사랑한 당신을 찾아 찾아가
사랑합니다 당신을
당신을 사랑합니다

스마트폰으로 QR코드를 스캔하면 시낭송을 감상할 수 있습니다.

진경산수화 / 송근주

최대로 하나의 선을 그리고
그은 선이 하나 되어
모두가 되는 한 폭의 화폭을
최대치의 값 죽 그어
돌아보는 곡선의 축 이루어
눈으로 액자 만들어 그어본다

그림에 자연경관이
한 폭의 산수화되어
자연 벗 삼아 그어 놓은 자리에
수풀과 하나 되어 산등성이
구부정한 뒤 산길을 굽이굽이 돌아
창틀 액자 삼아 보여 준다

산새 노래하고 춤추며
짝짓기하고
산에 산에 꽃은 흔들흔들
바람결에 어깨춤 들썩들썩
산에 산에 풀은 산들산들
벌레 소리 사이사이 웃음 짓다

밖으로 보이는 진경산수화
거실에서 보이는 액자틀 창틀
소박하게 진경을 펼쳐주고
눈에눈에 보이는 진경산수화
자연의 화려함과 아름다움
사시사철 계절 변화 무르익다

스마트폰으로 QR코드를 스캔하면 시낭송을 감상할 수 있습니다.

아침 / 송근주

기지개를 켜지 않는다
생각으로는 한장 한장 들여다보는 게
매일 아침 해가 뜨기 전
새벽 네 시 반 정도밖에 없다고 얘기한다
시계는 시간을 분배하지 않는 몸이요 육신이다
시간은 사람이 정한 것인 몸과 육신이기에
흘러간다고 해야 한다
아침에 일어나 기력을 충전한다
내가 충전하는 법을 언제부터 깨닫지 못했지
기억이 없다
언제부터
아침에 일어나서 추억과 별 하나에
사랑과 별 하나에 시와 별 하나에
어머니를 떠올렸는지 모른다
어머니는 겨울이 지나고 나면
돌아보는 이곳에 있다
그리움 그리움 사라졌다
멈추어 있는 제비가 오는 계절을 맞아
편지를 보낼까 고민을 한다

스마트폰으로 QR코드를 스캔하면 시낭송을 감상할 수 있습니다.

허투른 짓 / 송근주

나는 갇혀있다
내 자신을 가두고 있다
너도 갇혀있다
너도 가두어 두고 있다
혼자라는 외로움으로 갇혔다
홀로된 고독을 가두었다
내 안에 섬을 만든다
바다로 둘러싸인 육지와 떨어져 있다
바다 밑의 바닥이
바닷물을 담고 있다
우뚝 솟아 부풀어 오른 게 섬이다
갇혀있듯 하면서
가두어지지 않은
외로움과 고독을 모른다
나는 갇혔다는
가두어졌다는
허망한 허투른 짓을 하고 있는 거다

스마트폰으로 QR코드를 스캔하면 시낭송을 감상할 수 있습니다.

양귀비 꽃 / 송근주

미인을 닮아가는가 보다
불길을 태워서 이글거리는
태양의 눈빛을 발사하고 있다
고향을 향해 해를 품고 있다
한이라고 할까 말까
고민 많이 했다
고향을 향해 고개 들어 올리고 있다
살아있다는 숨결을 느끼는 거다
내가 드릴 선물은 없다
양귀비꽃은 예쁜 눈을 하고
사랑으로 다가왔다
양귀비꽃은
추억을 기억하고 있다
양귀비꽃은
고개 들어 깨어난다
나는 둘레길 따라간다
나는 아직도
꿈을 꾸는 꽃이다
닮아가는 양귀비꽃을 피운다
나는 기쁠 때 지고
슬플 때 피는 꽃 된다

스마트폰으로 QR코드를 스캔하면 시낭송을 감상할 수 있습니다.

시인 송용기

프로필
대한문학세계 시 부문 등단
(사)창작문학예술인협의회 회원
대한문인협회 경기지회 정회원
대한창작문예대학 제10기 졸업
대한창작문예대학 졸업작품 경연대회 은상

<공저>
대한창작문예대학 졸업 작품집 "가자 시 가꾸러"
2020 유화로 보는 명인명시선
대한문인협회 경기지회 동인문집 제2집
"달빛 드는 창"
2022 명인명시 특선시인선

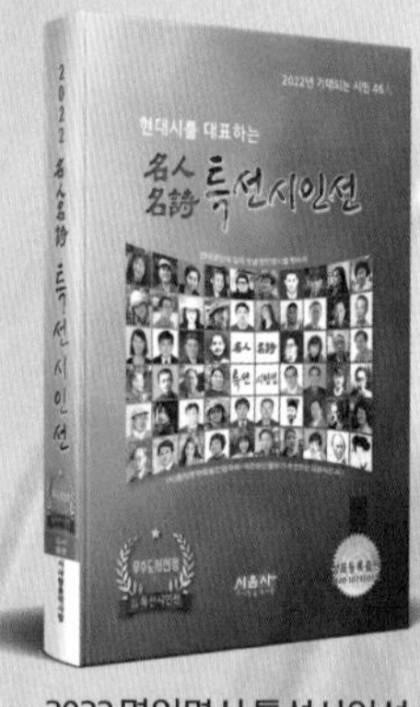

2022 명인명시 특선시인선

어머니가 보고 싶다 / 송용기

조용한 침묵을 깨우는
밝은 빛에 숨어버린
공동은 침묵 속에
하루를 그린다

돌고 도는 하루에 일상들
퇴색된 필름에 담겨있는
추억 움켜쥐며 돌아보는 인생 속에
나를 지탱해주는 어머니

그윽하게 바라봐 주셨던
얼굴 속에 쓸쓸한 그림자
문득 떠오를 때면
울컥해지는 마음 따라
추억 길 걷는다

빛바랬지만 윤기 나는 장롱처럼
내 마음 지탱해주는 어머니

부를수록 애잔하고
그리울수록 보고 싶다
오늘따라 보고 싶다
오늘따라 어머니가 보고 싶다

스마트폰으로 QR코드를 스캔하면 시낭송을 감상할 수 있습니다.

님 찾는 개구리 / 송용기

창밖의 어둠이 안갯속에 밝아오고
아침이슬 내리며 하루가 시작된다

어둠을 거치며 달리는 자동차는
경주마가 되어 힘차게 속도를 낸다

우리의 인생도 경주마가 되어 힘들게 달려야만 하는가?

어느덧 어둠이 찾아와 궁평항 나무다리에 앉아
야경의 풍광에 빠져버린다

꿈에 그리던 야경
시원한 바람과 파도 소리는 천국과 같다

천국에 있는 나는
파도 소리와 개구리 우는 소리에 빠져들었다

밤새 우는 개구리는 끝내 님을 찾지 못하고
파도 소리와 함께
바닷속으로 사라졌다.

스마트폰으로 QR코드를 스캔하면 시낭송을 감상할 수 있습니다.

목단꽃 / 송용기

수많은 예쁜 꽃들이 많기도 하다
가지각색의 모양과 향기도 풍기고
그중에 제일가는 왕의 꽃은 목단꽃이다

웅장하고 화려한 하얀 목단꽃
화려하고 짙은 빨강 목단꽃
바라보면 바라볼수록 놀랍기만 하다

목단꽃 작품을 집 안에 걸어두면
모든 일들이 잘 풀려나가게 되며
행운과 복을 주는 최고의 꽃이다

웅장한 그 자퇴의 꽃을 바라보면
마치 황금빛으로 들어가게 되고
황금빛 속에서 황금알을 낳는
꽃 중의 꽃 왕의 꽃은 목단꽃이다

스마트폰으로 QR코드를 스캔하면 시낭송을 감상할 수 있습니다.

웅장한 버드나무 / 송용기

도심 속에 웅장한 버드나무는
바람 따라 이리저리 출렁거리며
웅장하고 우아한 자태로
즐겁게 춤추며 날개짓을 한다

수많은 가지를 지탱하고
바람 따라 출렁이는 가지는
가지 사이마다 시원함을 주고
도심 속에 공기청정기가 되고 있다

어두운 세상의 희망을 주고
밝은 세상을 만들며
힘들고 지친 우리에게
세상의 빛과 소금의 역할도 한다

자연 속에 아름다운 자태를 품고
넘실거리는 가지 사이마다
시원한 바람과 상쾌함을 주고
깨끗한 세상을 만들어 가며
세상의 듬직한 생명수가 되고 있다.

스마트폰으로 QR코드를 스캔하면 시낭송을 감상할 수 있습니다.

좋은 사람 / 송용기

따스한 햇살이 창문으로 비치 울 때
바람 따라 흔들리는 나뭇잎 사이로 떠오르는 얼굴 하나
바삐 움직이는 사람들 사이로
혼자 인양 우두커니 있을 때
허공에 있는 얼굴 하나
일상의 반복적인 생활에서
웃을 수 있는
꿈틀꿈틀 마음 깨우는 얼굴 하나

침묵에 잠긴 밤하늘 바라보며
쓸쓸한 가슴에 그리움이
물들 때면
창 너머로 꺼질 줄 모르는
네온사인 불빛마저
눈먼 사랑이 되어 그리움의 빛을
길게 늘어뜨린다

침묵의 밤도 마음으로만
마음으로만 부르짖는 내 사랑에
달빛조차 숨어들어 그리움을 가두고 있다
오로지 그리움밖에 모르는 사랑이지만
그 사람이 내 곁에 있어 좋다
그 사람 곁에 내가 있어 좋다

스마트폰으로 QR코드를 스캔하면 시낭송을 감상할 수 있습니다.

시인 송태봉

프로필
서울 거주
관세사 (주)거보&(주)돈키호테 대표
대한문학세계 시 부문 등단
(사)창작문학예술인협의회 회원
대한문인협회 정회원(서울지회)
'2022 詩 자연에 걸리다.' 특별초대 시인 시화 선정

2021년 대한문학세계 여름호

사모곡 / 송태봉

그때는 왜 몰랐을까요

지켜준다는 마음조차
사치라는 것을
이제는 꿈에서도
가물가물합니다

내 새끼야!
너른 가슴으로 품어주시던
따뜻하고도 포근한 그 사랑
그 손길을
그 눈빛을
오롯이 기억하고 생생히 남아있건만

고운 우리님 자취는
자욱자욱 희미해져 갑니다

당신을 위해 기도드리고
기억을 더듬어 웃음 짓고
돌이켜 후회하지만
이내 스산한 바람
무심히 휘휘 거립니다

그리워서
보고파서
시린 창공에 그려볼 때면
아린 가슴에 멍울지고
노을 속에 그림자 집니다.

스마트폰으로 QR코드를 스캔하면 시낭송을 감상할 수 있습니다.

동그라미 연가 / 송태봉

수면 위의 작은 동그라미가
그리도 은혜 하던
또 하나의 동그라미를 찾았습니다

시나브로 서로 합하여
다르지만 여전히 같은
동그라미가 될 것입니다

퍼지는 아침 햇살과 꽃향기의 축하에
서로는 마음을 다하여
영원을 약속할 것이며

푸른 하늘을 닮은 물빛으로
새털구름과 손님 바람을 벗으로 삼아
거울같이 잔잔한 수면에 반영으로
파문되어 퍼져나갈 것입니다

그것은 심장이 하나 되어
고동치는 맥박일 것이며
하나 된 기쁨에 환호하는 전율이 되어
완전한 동행을 이룰 것입니다.

스마트폰으로 QR코드를 스캔하면 시낭송을 감상할 수 있습니다.

매화난설 / 송태봉

피어난 매화난설

험하고 날씨 찬 세상을 향해
시샘하듯 피어난 그 다툼이
왜 이리도 안쓰러울까

차가운 날씨에 아랑곳하지 않은 용기와
작은 꽃잎의 가녀린 자태와 섬세한 아름다움
그 가녀린 꽃에서 피어나는 진한 향기가
작은 어려움에도 두려워하는 나를 부끄럽게 만들고

어느 틈에 찾아와 어깨동무하는
빛깔 고운 노을은 하늘을 물들이고
드디어 나를 물들여버리네!

스마트폰으로 QR코드를 스캔하면 시낭송을 감상할 수 있습니다.

연리지 / 송태봉

꽃과 나비가 은혜 하여
또 다른 내일을 꿈꾸려 합니다

초롱한 별빛으로 오선 줄을 놓고
눈꽃으로 음을 놓아
그 무엇보다 아름다운
인생이란 노래를 만들 겁니다

바위틈에 말간 물이 솟고
자갈 틈에 난꽃이 피듯이
시나브로 무르익어
땡감을 연시로 바꿀 테고
그 보드라운 속살에 더해
달콤하고 풍성한 과즙으로 보답할 것입니다

봄날의 햇살처럼 따뜻할 것이고
여름날 개울가의 물결처럼
눈부실 것이고
가을날의 한줄기 산들바람처럼
시원할 것이고
겨울날의 함박눈처럼 포근할 것입니다.

사랑으로 함께하여 마침내
하나로 거듭나는 내일은
그러할 것입니다

스마트폰으로 QR코드를 스캔하면 시낭송을 감상할 수 있습니다.

오늘이 가장 젊은 날이라네 / 송태봉

어제는 이 겨울바람에 흩어졌고
내일을 기다리는 지금
오늘이 가장 젊은 날이구나

내일의 나에게 오늘이 다시 돌아갈 수 있다면
천금이 아깝지 않을 그날인 오늘이
가장 젊은 날이구나

오늘과 다른 내일을 위해
공부에 열중하는 학생에게도
끝없는 사랑을 약속하는 연인들에게도
가족의 행복을 위해 가히 없는 노력을
아끼지 않는 부모에게도
다시 한번만 돌이키길 원하는
오늘이 가장 젊은 날이라네

이기적인 나의 오늘일 수도
아님 이타적인 하루일 수도
또 상념에 쌓여 지나버린 어제를 안타까워하며
가장 젊은 오늘을 보내지는 않았을까나

하얀 눈이 사락사락
사랑을 속삭이는 겨울밤에는
바람이 전하는 노래를 들으며
장작불의 춤사위를 감상하며
후회 없이 살아온 오늘을 사념하다
문득
아! 오늘이 가장 젊은 날이었구나!

스마트폰으로 QR코드를 스캔하면 시낭송을 감상할 수 있습니다.

시인 송향수

프로필
충북 제천 거주
대한문학세계 시 부문등단
대한문인협회 정회원(대전충청지회)
(사) 창작문학예술인협의회 회원
2021년 12월 2주 금주의 시 선정

<공저>
대한문인협회 대전충청지회 동인 시집
<충청의 향기, 비단강처럼>

대한문인협회 대전충청지회 동인 시집
<충청의 향기, 비단강처럼>

사랑 노래 / 송향수

새벽의 그리움이 아침을 밝히더니
온종일 행복으로
사랑이 가슴속을 스미어듭니다

사랑에 빠진 첫날의 느낌을
기억하는 것처럼
매일매일 사랑에 빠지는 마음으로
하루를 보내고

어제의 시간을 지나
다시 찾아온 까만 밤
가로수 등불 밑에서
하루살이 사랑 노래 부르고

오늘 밤도 당신과 함께
행복과 사랑으로 살며시
미소 지으며 눈을 감고
불빛 따라 슬그머니
꿈속으로 빠져듭니다

스마트폰으로 QR코드를 스캔하면 시낭송을 감상할 수 있습니다.

봄이 오면 / 송향수

잎보다 먼저 꽃이 피듯이
아침보다 먼저 하루를 열어주는
봄이 오면 그대와 사랑을 할래요

조금은 빈 마음에
햇살 같은 고운 빛을 내리고
살랑거리는 바람이 내 목을 감을 때
봄은
그대를 내 품에 내려놓고 가네요

풀꽃 만개한 그날에
나는 꽃이 되어 그대 향기에 젖을 때
봄볕에 숨겨 놓은 미소가 피어나고
호수에 내려앉은 꽃구름이 두둥실
하늘과 입맞춤하네요

차가운 벼랑 끝에 서성이던 바람도
그대 품 찾을 고운 봄이 오면
당신과 사랑을 하고 싶어요

스마트폰으로 QR코드를 스캔하면 시낭송을 감상할 수 있습니다.

새벽이슬에 젖은 사랑 / 송향수

밤이 되니 이슬에 젖어 오는 당신

이 고독한 저녁에
혼자서 별밤 지키며 떨고 있는 새벽에
당신은 휘어지는 풀잎에
이슬 젖은 발목으로 나에게 왔습니다

당신과 나 사이에는 사랑이란
강물이 쉬지 않고 흐르기에
당신은 이 새벽에도 가슴속에 별 하나 품고
반짝이는 그리움으로 나에게 다가왔습니다

당신과 나는 애써 손잡지 않아도
그리움이란 울타리가
서로의 마음을 치고 있기에

당신은 그리움에 이끌려
까만 밤을 하얗게 보내고
새벽 오기만을 기다려 날 찾아왔습니다

사랑하는 당신
난 당신을 뜨거운 가슴으로
반갑게 맞이합니다

스마트폰으로 QR코드를 스캔하면 시낭송을 감상할 수 있습니다.

그리움을 벗어놓고 / 송향수

갓 피어난 꽃처럼
그리움을 벗어놓고
그대를 만나고 싶습니다

발이 있어도 달려가지 못하고
마음이 있어도 표현 못하고
손이 있어도 붙잡지 못합니다

늘 미련한 아쉬움과 살아가며
외로움이 큰 만큼 그리웁기만
합니다

선잠이 들어도 그대 생각으로
가득하고 깊은 잠이 들면
그대 꿈만 가득하답니다

견디기 힘든 시간도 날마다
이겨낼 수 있음은 그대가 내
마음을 알아주기 때문이랍니다

비 오는 날엔 더욱 그립습니다

스마트폰으로 QR코드를 스캔하면 시낭송을 감상 할 수 있습니다.

화려한 외출 / 송향수

허전함이 가득하여 마음 따라 바람 따라
소풍 가는 심정으로 길을 나선다

길가에 흐드러지게
피어있는 들꽃을 보고 싶었다

유난히 어여쁘게 눈에 들어오던
띄엄띄엄 피어있는 장미꽃이
내 마음 알아주는 듯 화사함으로
반겨주는 짙은 향이 좋았다

두둥실 떠다니는 구름의 유희가
더없이 아름다웠던 날
봄은 지나가고 푸른 녹음의 숲이
시원하고 잔잔한 바람결에 달콤하게 만개하는 꽃

자연의 섭리에 절로 감탄사가 나오고
사랑하는 사람 곁으로 날아가는 솜사탕처럼
부풀어 오르기도 했다

이해타산이 없는 자연에 행복하고
사랑하는 마음과 아름다운 감성을 심어놓고
훌쩍 떠나오던 마음은 뭔가를 잊어버린 듯한
내 안의 그리움이었나 보다

스마트폰으로 QR코드를 스캔하면 시낭송을 감상 할 수 있습니다.

시인 영경희

프로필
경기 이천 거주
대한문학세계 시, 수필 부문 등단
(사)창작문학예술인협의회 회원
대한문인협회 경기지회 정회원
한국문인협회 정회원
2012-2013 한국교육개발원 전국경연대회 수필 부문 장려상
2020년 10월 2주 금주의 시 선정
2020년 10월 19일 조세금융신문 [詩]가 있는 아침] 시 선정
2021년 6월 1주 좋은 시 선정
2022 명인명시 특선시인선 선정
2021년 올해의 시인상
2022년 6월 이달의 시인 선정
2022년 짧은 시 짓기 은상
2022년 순우리말 글짓기 장려상

<공저>
대한문인협회 경기지회 동인문집
제2집 "달빛 드는 창"
박영애 시낭송 모음 9집 "명시 언어로 남다"
2021 현대시와 인물 사전
2022 명인명시 특선시인선

2022 명인명시 특선시인선

그리움의 연가 / 염경희

스산한 가을바람이
창밖을 서성일 때면
나이테처럼 그리움만 늘어간다

비취색 하늘 햇살이
풀잎에 맺힌 이슬을 감싸 안으면
방울방울 이슬방울은 진주처럼 반짝인다

살랑살랑 바람이 스칠 때마다
아주 가끔 풀잎의 떨림은
그리움에 애써 참았던 눈물 닦는 모습이다

산허리를 맴돌던 운무 사이로
비집고 들어앉은 무지갯빛 햇살에
겹겹이 쌓여 있던 그리움도 묻어 본다.

스마트폰으로 QR코드를 스캔하면 시낭송을 감상할 수 있습니다.

한가위 보름달 / 염경희

보름밤에는
실오라기 하나 걸치지 않고
오롯이 민낯으로
밤새 창가에 앉아계셨는데

눈에 넣어도
아프지 않은 강아지 재롱에
해롱해롱 취해서 그만
버선발로 반기지 못했습니다

아쉬워 너무나 아쉬워서
오늘도 오시려나
집 나간 서방 기다리듯 하늘 멍하고 바라보니
오늘은 슬픔 가득한 모습입니다

진주처럼 반짝이던 얼굴엔
진회색 스카프만 휘휘 감고
은하수도 외면한 채 구름 속만 들락날락
달님 어제 못 나눈 정 나누고 싶습니다

스마트폰으로 QR코드를 스캔하면 시낭송을 감상할 수 있습니다.

오늘도 유효한가요?

시를 쓰는 소녀 / 염경희

빨간 햇덩이가 하얀 구름 타고
파란 바다에 숨어드는 순간
잔잔한 바다는 무지갯빛 포말로 부서진다

살랑살랑 찾아 든 가을바람은
천지를 유영하며
소녀 내심까지 흔들고 있다

노을 진 자리에
빨간 도화지가 펼쳐진 만큼
반짝이는 촉을 잠재울 수는 없지

황홀함에 사색하던 소녀의 붓은
포말에 오선지를 그려놓고
곱디고운 시어를 줄줄이 걸어 놓는다.

스마트폰으로 QR코드를 스캔하면 시낭송을 감상할 수 있습니다.

여명 / 염경희

사춘기 소녀
볼때기 빨개지듯
동녘 하늘이 붉게 물들었다

사뿐사뿐
발소리도 없이
온 세상에 빛을 내리니

산허리를 맴돌던 운무는
슬금슬금 옷을 벗으며
무지갯빛 햇살로 화답한다

잠자던 초록들이
대롱대롱 이슬 받아 눈곱 뗄 때
솔솔 불어오는 가을향기 모아
구수한 된장찌개 끓여 마주 앉은 아침이다.

스마트폰으로 QR코드를 스캔하면 시낭송을 감상할 수 있습니다.

봄이 오는 길목 / 염경희

사부작사부작 내려와
설렘을 준다
늦잠 자는 초록이 콧등을 간지럽히며
어서 일어나라 앙탈이다

은빛 윤슬로 보슬보슬 내려와
대지의 목마름을 달래준다
기력이 쇠약해져
기지개도 못 켤까 걱정인게다

여명이 밝아온다
은빛 윤슬은 하얀 눈꽃 송이 되어
봄이 오는 길목에 앉아
미련 탓일까? 눈물만 흘린다

봄이 오는 길목에서
한 발은 들여놓고 또 한발은 내놓고
갈까 말까 망설이는 겨울이 애잔하다.

스마트폰으로 QR코드를 스캔하면 시낭송을 감상할 수 있습니다.

시인 유영서

프로필
충북 진천 출생, 인천 거주
대한문학세계 시 부문 등단
(사)창작문학예술인협의회 회원
대한문인협회 인천지회 지회장
인천시 남동문학회 회원
<수상>
2019년 대한문인협회 인천지회 향토문학상 경연대회 은상
2019년 한국문학 향토문학상 수상
2020년 짧은 시 짓기 전국공모전 동상
2021년 짧은 시 짓기 전국공모전 대상
2021년 한국문학 예술인 금상
2022년 신춘문학상 공모전 금상
2022년 순우리말 글짓기 전국 공모전 은상
대한문인협회 이달의 시인, 금주의 시, 좋은 시 선정
<저서>
제1시집 "탐하다 시를"
제2시집 "지우는 마음도 푸른 물든다"
제3시집 "구름 정류장"
<공저>
유화로 보는 명인명시선
2021년 현대시와 인물 사전
2022년 명인명시 특선시인선
박영애 시낭송 모음 8집 "시 마음으로 읽다"
박영애 시낭송 모음 9집 "명시 언어로 남다"
대한문인협회 인천지회 동인문집
"글 꽃 바람", "글 향기 바람 타고"
인천 남동문학회 동인지 외 다수

제3시집 <구름 정류장>

가을옷 한 벌 걸치다 / 유영서

시장통처럼
가을이 북적거리고 있다
경기는 바닥을 쳤는데
옷 파는 가계마다
알록달록 등산복 일색이다

무슨 옷을 걸쳐야
때깔 나게 폼이 날까
금세 알아차렸는지
단풍나무집 옷 가게 주인이
생글생글 웃으며 다가선다
방금 지어낸 옷이라며
붉은 옷을 권장한다

그래 이 옷 한번 걸쳐보자
걸쳐 입으니 신수가 훤하다
어깨도 들썩
콧노래도 흥얼흥얼
이참에 멋진 가을에
애인 신청이나 해 봐야겠다

스마트폰으로 QR코드를 스캔하면 시낭송을 감상할 수 있습니다.

빨래가 되고 싶은 날 / 유영서

행복은 마음속에 있다는데
생각이 많아
잠시 잃어버렸던 게야

그놈의
잡동사니 같은 생각들
꺼내놓고 보니
쓰잘머리 하나 없는데

흐르는 개울가에
몽땅 집어넣고
빨래처럼 빨아볼까나

잠시 구름 걷히더니
햇살 눈 부신데
잡동사니 같은 생각들
빨아보지도 못하고
몽땅 들키고 말았네!

스마트폰으로 QR코드를
스캔하면 시낭송을 감상
할 수 있습니다.

칠월의 상차림 / 유영서

햇살 잠시 머물다
칠월 끝자락에
그 사람 발자국처럼
비가 옵니다

하얗게 핀 접시꽃 위에
하얀 그리움
맑은 상차림 차려놓고
기다리고 있겠습니다

오늘 지나면
팔월이 달려와
문 열어 달라고 하겠지요

정녕 팔월이 그대인지요
사랑한다는 말 쑥스럽지만
대문 활짝 열어둘 터이니
큰 소리로 말씀해 주십시오
사랑한다고

스마트폰으로 QR코드를 스캔하면 시낭송을 감상할 수 있습니다.

가을이 쓴 편지 / 유영서

시인이 된 가을이
편지를 쓰고 있다

만남 이별 사랑 같은 것들이
우르르 우르르
이 골목 저 골목으로
몰려다니는 중이다

저 고운 사연으로
쓴 편지는 얼마나 고울까

받아 든 사람마다
감동해서 울고
슬퍼져서 울고

시인이 된 가을은
계속해서 편지를 쓸 것이고
써 내려간 사연마다
눈물이 번져
얼룩얼룩 반점이 생기고 있다

스마트폰으로 QR코드를 스캔하면 시낭송을 감상할 수 있습니다.

동짓날 밤 / 유영서

긴 밤
장편 소설 읽으며
책 페이지 넘기듯
그리움의 길목을 걸어간다

칠십 년 세월
바람에 몸 맡긴 나그네 여정
황혼도 뉘엿뉘엿
서산에 해 걸리듯
쉬어 가잔다

좋은 일
궂은일
기뻐하고 토닥여주던
손잡고 지나온
세월이여

늘그막의
시인이라는 부끄러운
딱지 하나 얻었으니
시처럼 살고 지고

회한으로 얼룩진 길
그려보니
행복과 불행은
내 안에 살고 있었네!

스마트폰으로 QR코드를 스캔하면 시낭송을 감상할 수 있습니다.

시인 윤무중

프로필
아호 : **丹谷**
서울 거주
대한문학세계 시 부문 등단
(사)창작문학예술인협의회 회원
대한문인협회 정회원

대한문인협회 명인명시 특선시인선 선정(2019-2021)
대한문인협회 신춘문학상 대상 수상(2022)

<저서>
제1집 "사랑한 만큼 꽃은 피는가"
제2집 "손길로 빚어 마음에 심다"
제3집 "못다 쓴 편지"

E-메일 : mjyng2121@hanmail.net
인터넷 시집 (**詩**와 함께/**詩**와 그림자)
https://blog.never.com/1033yoon

제3시집 <못다 쓴 편지>

5월의 무대 / 윤무중

신록과 함께 철쭉과 흰 이팝 꽃이
무대를 꾸미고
따사한 햇볕과 함께 노을에 물들어
화려한 조명이 되니
여기저기 산새들의 조화로운 화음으로
5월의 화려한 무대가 막을 연다

서막이 열리고 산뜻한 옷차림에
화려한 몸짓이 어우러지는
5월의 싱그러운 무대는
내 삶의 답답함을 달래주는 듯
한바탕 어우러지는 춤사위에 취해본다

오월은 내 마음을 정화하고
싱그러운 옷깃을 여미는 하나뿐인 무대
얼마나 부러운지 모르겠는데
그 푸르름을 고이 간직하고 싶다
신록이 울창한 5월의 무대에서

스마트폰으로 QR코드를 스캔하면 시낭송을 감상할 수 있습니다.

지금의 삶 / 윤무중

겨울이 오면 내 마음을
한없이 쓸쓸하게 만든다
앙상한 나뭇가지에 바람이 소슬한데
나이가 들면 들수록 계절 따라
허무함이 많아져 그러하리라

먼 산만 쳐다봐도 눈물이 나고
하늘을 바라만 봐도 사색이 많아짐은
떠남이라는 애달픔일까
저밈이라는 애잔함일까
숲속의 나무들도
하나둘 옷을 벗었고
끝내 잎사귀마저 떨어져 버렸으니

산다는 건 무엇이고
삶이란 또 어떤 것인가에 대해
생각이 깊어질 수밖에
자연의 이치가 어디 이것뿐이랴

젊었을 때는 영원히 젊은 줄 알고
사랑할 때는 영원히 머물 줄 알고
지나간 생의 뒤안길은
후회스러운 일이 한둘이 아닌데
참된 삶의 의미를
이 겨울에 새삼 가슴 깊이 새긴다
지금의 삶이 이렇다는 것을

스마트폰으로 QR코드를 스캔하면 시낭송을 감상할 수 있습니다.

허무(虛無) / 윤무중

산다는 것이 이것만은 아니겠지
이 세상에 태어나면
일평생 즐거움만 있는 줄 알았었지
그렇기는 하고 생각했었는데

문득 그때를 생각해 보니
그래도 꿈을 꾸고 있었다는 것이 좋았었지
먼 곳인 듯하나 내 곁에 있어
허무했던 마음 먹구름처럼 몰려오는데
언제쯤 소낙비가 내리며
천둥 번개가 일어날지 알 길 없는데

먼 산을 바라본들
하늘에 양손을 펼쳐본들 현실은 바뀌지 않고
내 육신만 편안해지기를 바라는데
언제나 너와 함께 있기를 바랄 뿐
엎지른 물 주워 담을 수 있을까

내 인생 나의 것인데 왜 남을 원망하는가
내가 좋아하는 것만 해야 한다면
그 무엇이 행복할 수 있겠느냐
모든 것 내려놓아 나 자신을 떠나라

스마트폰으로 QR코드를 스캔하면 시낭송을 감상할 수 있습니다.

가을 편지 / 윤무중

아침 일찍 가을 편지가 왔어요
울긋불긋한 잎새에 뚜렷하게 썼어요
두 글자씩
사랑, 행복, 슬픔, 이별, 웃음
편지는 찬 바람과 함께 선물과 함께
아무도 모르게 보내왔어요

가을 편지는 점점 가을이 깊어 갈수록
더 짙은 색깔과 많은 사연이 되겠지요

우리가 함께 살고
살맛 나는 일들이 많아지고
서로 사랑할 수 있을 때
그 편지는 더 아름다워질 거예요

높은 하늘과 깊은 바다보다
풍성하고 풍요로운 가을 들판을
우리는 손 잡고 뛰어가고 싶어요
가을 편지는 너와 나를 행복하게 하고
햇볕이 내리는 곳으로 초대하네요

스마트폰으로 QR코드를 스캔하면 시낭송을 감상할 수 있습니다.

메타세콰이아 박수 / 윤무중

우뚝 솟은 신전으로 인도한다
우레같은 박수를 받으면서
내리쬐는 햇볕의 따사로움을
한 몸에 받아 어쩔 줄 모르는
메타세콰이아여

평온과 애절한 생의 욕구를
젊음의 활기를 불어넣는 환기에
황혼에 차려진 만찬에 초대된 듯
나를 부르고 너를 위한 기도는
어느 것보다 숭고함에 이른다

언제나 곁에서 묵묵히 버텨온
메타세콰이아여
나를 평온의 쉼터에 인도하려는
너의 미려한 손짓이려니
오늘 메타세콰이아의 변함없는 용기에
새삼 온몸에 전율을 한없이 느끼며
파란 하늘을 응시한다

너의 끈질긴 유혹은
어릴 적 순수했던 그 시절로
나를 고향에 보내고 말았구나
너의 손짓에 반했을 그때를 잊지 못해
그 시절로 돌아가고 싶다
메타세콰이아 박수를 받으면서

스마트폰으로 QR코드를 스캔하면 시낭송을 감상할 수 있습니다.

시인 이동로

프로필

현) 하양여자중학교 교감
이학박사(통계학전공)
대한문인협회 대구경북지회장
(사)창작문학예술인협의회 회원

시집) 공감과 위로 (시음사)

시집 <공감과 위로>

낙조는 아름다워 / 이동로

고운 빛깔 촘촘히 수놓으니
비단 물빛 저리도 어여쁘니
가는 길도 잠시 멈추었노라

살짝 반짝 떨어지는 낙조는
매듭 이은 인연으로 묶으니
다정다감 우정이 반짝이네

저녁노을에 비친 물결파도
섬세하게 엮어 이어 나가는
관계 속의 빛고운 횃불이라

눈부신 햇살은 물 위로 내려
포근히 내려앉아 주더니만
물 고운 빛깔로 이불 되었네

스마트폰으로 QR코드를 스캔하면 시낭송을 감상할 수 있습니다.

젊음과 늙음 / 이동로

희망을 가지고 사는 사람은
젊음을 유지하고 있음이요

믿음에서 우리는 젊어지고
의심에서 함께 늙어갑니다

자신감에서 함께 젊어지고
두려움은 서로가 늙어가요

긍정의 마인드는 젊어지고
부정의 생각은 늙어갑니다

배려에서 즐거움 찾아오고
질투에서 우리는 늙어가요

비우고 낮추면 젊음이 오고
욕심은 육신을 늙게 합니다

스마트폰으로 QR코드를 스캔하면 시낭송을 감상할 수 있습니다.

설익은 시를 다듬고 / 이동로

새벽은 조용한 침묵이 흐르고
달님은 나를 지켜보고 있으니
숨죽인 선잠을 살짝 깨워준다

아침에 덜 깬 눈꺼풀 비비면서
부시시 손을 뻗어 휴대폰 잡아
퇴고의 글을 사부작 수정한다

미완성의 설익은 시를 다듬어
맞춤법으로 수정받아 또다시
정리 다듬는 퇴고를 반복한다

스토리에 올릴 사진을 찾아서
하루의 시작을 카스에 올리며
출근 준비의 시작을 알려준다

일상의 일부분을 시를 지으며
하루의 일과를 짜면서 글 쓰고
설렘의 출근은 소확행이구나

스마트폰으로 QR코드를 스캔하면 시낭송을 감상할 수 있습니다.

노을 진 바다에서 / 이동로

밀물에 쓸려오는 바닷물은
손발을 적셔주는 그대 마음
차갑게 느끼나 포근함 줘요

무릎까지 차오르는 물결에
출렁이는 파동은 심장까지
울렁이며 가슴팍 스며드네

갈매기들의 부드러운 유영
파도치는 너울 따라 춤추고
사랑 찾는 노래 불러주네요

그리움 오는 노을 품어가는
먼바다 쓸려가는 물결 따라
반짝이는 금빛 물결 빛나요

깜박이는 등대의 불빛 아래
찾아오는 만선의 기쁨으로
사랑의 그림자 가득하네요

스마트폰으로 QR코드를 스캔하면 시낭송을 감상할 수 있습니다.

참살이 / 이동로

묵묵히 흐르는 강물 같은 세월
홍수에 정화되듯 삶도 변하고
계절에 익어가는 인생의 주름
인고의 여정에 즐거움 찾는다

인생을 알고 삶을 느낄만하면
육신의 나약함이 찾아들 나이
보람에 삶의 재미를 찾으려니
가슴에는 설렘도 오지 않는다

하늘을 떠가는 한 조각 구름도
불어오는 바람에 사라져 가는
즐거움도 잠시 머물고 떠나며
슬픔이 빈자리를 채워 나간다

흘러만 가는 강물 같은 세월에
인생의 희로애락에 젖어 들며
즐거운 삶보다 슬픔으로 채운
가슴앓이에서 참살이 느낀다

스마트폰으로 QR코드를 스캔하면 시낭송을 감상할 수 있습니다.

시인 이만우

프로필
경기도 수원 거주
2018년 대한문학세계 시 부문 등단
(사)창작문학예술인협의회 회원
대한문인협회 경기지회 기획국장
2019년 한국문학 올해의 시인상 수상
2020년 특별초대 명인명시 출품
2021년 명인명시 특선시인선 출품

<공저>
시를 꿈꾸다 동인 시집 1,2,3,4
박영애 시낭송 모음 9집 "명시 언어로 남다"
2020 유화로 보는 명인명시선
2021 명인명시 특선시인선
2021 현대시와 인물 사전
2022 명인명시 특선시인선
경기지회 동인문집 제2집 "달빛 드는 창"

2022 명인명시 특선시인선

콩깍지 / 이만우

나의 눈은 어디론가
멀리멀리 가버려서
아무것도 바라볼 수가 없다.

그대가 나의 눈을 안 보이게
만들어 놓고
어디론가 떠나갔다.

낙심한 마음을 달래려고
마냥 기다리고 있는데
그대가 내 앞에 나타났다.

인연이란 것은
간절히 기다리는 마음으로
눈의 콩깍지를 벗어나야 한다.

스마트폰으로 QR코드를 스캔하면 시낭송을 감상할 수 있습니다.

빛과 그림자 / 이만우

해가 뜨면 내가 있고
내가 움직이는 대로
그대는 나를 졸졸 따라다닌다.

나는 그대를 버릴 수 없고
그대는 나를 멀리할 수 없고
우리는 항상 붙어 다녀야만 한다.

밤이 되면 나는
마음속의 그림자와 함께
고이고이 간직하고 있다.

멀리 떨어지지 않도록
약간의 거리를 두고 있지만
나는 언제나 그대와 함께 있다.

스마트폰으로 QR코드를 스캔하면 시낭송을 감상할 수 있습니다.

안개 / 이만우

앞을 보아도 멀리 보이지 않고
혼미한 정신이 되어 가고 있지만
나는 앞으로 갈 수밖에 없다.

되돌아서거나 옆을 보아도
보이지 않는 것은 마찬가지라서
의지와 끈기로 나아가야 한다.

잡을 것만 같은 허상을
떨쳐 버리려 하여도
마음과 행동이 따라 주지 않고 있다.

나의 모든 짐과 마음을 내려놓아야만
눈 앞을 가린 허상들을 버릴 수 있고
무수한 시행착오를 겪어야 성장한다.

스마트폰으로 QR코드를 스캔하면 시낭송을 감상할 수 있습니다.

발자국 / 이만우

누구도 걷지 않은 곳을 걸으면서
나는 나의 발자국이 남는 흔적을
어떻게 남겨야 할까 고민한다

지나온 발자국들을
무슨 방법을 써도
나는 지울 수가 없다

내가 남긴 발자국으로
상처받고 힘들어하는 경우도
많이 있고 자신도 힘들어하겠지

자신을 뒤돌아보는 계기가 되어
반성하고 성찰의 계기를 만들어 가는
성숙한 인간이 되어가야 한다.

스마트폰으로 QR코드를 스캔하면 시낭송을 감상할 수 있습니다.

나무처럼 / 이만우

나무는 계절의 변화를
가르쳐 주지 않아도 스스로 알고
겨울로 접어들면 잎사귀를 슬며시 떨어트린다

자신의 생명 줄인 나뭇잎을 자신으로부터 내려놓고
최소한의 에너지를 지닌 채로
혹독한 추위를 견디며 봄을 기다린다

봄이 되면 껍질 사이로 땅의 순수한 물을 빨아들여
새로운 잎사귀를 돋게 하여 생명을
이어가며 나이테를 하나 더 만들어 낸다

나무처럼 자신을 지키고
다시 되돌려 주는 아름다운 마음으로
나는 다시 살아가련다.

스마트폰으로 QR코드를 스캔하면 시낭송을 감상할 수 있습니다.

시인 이상노

프로필
충남 당진 거주
2019년 5월 대한문학세계 시 부문 등단
2021년, 2022년 명인명시 특선시인선 선정
조선어연구회 발족 100주년 기념 현대시와 인물 사전 선정
2019년 신인문학상 수상
2021년 한국문학 발전상 수상

<공저>
2021년, 2022년 명인명시 특선시인선
박영애 시낭송 모음 9집 “명시 언어로 남다”
2021 현대시와 인물 사전 외 다수
대한문인협회 대전충청지회 동인 시집
<충청의 향기, 비단강처럼>

2022 명인명시 특선시인선

아내 때문에 울었습니다 / 이상노

아내의 허리를 주무르다 울었습니다.
토실토실하던 허릿살은 다 어디 가고
앙상한 모습에 그만
내 가슴이 울었습니다.

두 아들을 곧게 키워낸
태산처럼 위대했던 아내의 젖가슴이
힘없이 야윈 모습을 보고 애잔하여
내 가슴이 울었습니다.

바다처럼 깊은
아내의 가슴속을 들여다보았습니다.

가슴을 억누르며 내 허물을 다독였던
백옥같이 하얀 가슴이
시커먼 숯검정이 되어 있어
미안한 마음에
내 가슴은 또 뜨겁게 울었습니다.

시곗바늘을 뒤로 돌려볼까 생각도 했습니다.
그러나, 시곗바늘은 너무 많이 돌아가 있었습니다.

그냥
처음의 마음
처음의 마음으로
돌아가기로 했습니다.

스마트폰으로 QR코드를 스캔하면 시낭송을 감상할 수 있습니다.

샘물 같은 님의 가슴 / 이상노

가슴은 있으되
가슴을 펼치지 못했던
지난 세월!

머리로만 생각하고
눈으로만 바라보고
입으로만 이야기하였습니다
그것은 사랑이 아녔습니다

이제는
가슴으로 생각하고
가슴으로 바라보고
가슴으로 이야기하겠습니다

님의 가슴은 봄꽃향기처럼
맑은 향기가 가득 차 있습니다

내 가슴에도 님이 주신 님의 향기로
맑은 샘물이 가득 고여 있습니다

이 샘물이 다 마를 때까지
조금씩 조금씩 님께서 다 마시어요

사랑하는 내 님이시여…

스마트폰으로 QR코드를 스캔하면 시낭송을 감상할 수 있습니다.

어머니의 다듬이 소리 / 이상노

초가집 담장 너머로
정겹게 들려오던
똑딱똑딱 똑딱똑딱
어머니의 신명 나는
다듬이 소리!

초가집 지붕 뚫고
한스럽게 들려오던
똑똑 따닥 똑똑 따닥
어머니 가슴에 맺힌 화를
달래는 소리!

초가집 대문을 박차고 뛰쳐나와
마당에 뒹구는
똑똑 딱딱 똑똑 딱딱
꽉 막힌 어머니의
답답한 가슴을 뚫어주는 소리!

저녁노을 멍석 깔 적에
보릿고개, 고달픈 삶을 하소연하며
마음 달래던
어머니의 다듬이 소리!

스마트폰으로 QR코드를 스캔하면 시낭송을 감상할 수 있습니다.

촛불 / 이상노

나는 눈물로 몸을 불태워
어둠을 밝히는 희망의 촛불입니다.

어둠에 갇혀
절망의 눈물을 훔치는 그대여
나의 빛을 밟고 일어나 보시라
그리고 힘내시라

날 선 칼날로
내 몸을 싹둑 자르는 것 같은
아픈 세상이라지만
아직은 어둠보다
빛이 더 찬란한 세상이니
어머니 젖을 물던
그 힘을 다시 내어 보시라

그리하여
늘 푸른 소나무처럼
기상을 되찾으시라

그것이 내 눈물의 의미이니....

스마트폰으로 QR코드를 스캔하면 시낭송을 감상할 수 있습니다.

달과 구름 / 이상노

휘영청
달이 둥글게 부풀었습니다
온 세상이 밝습니다
시커먼 구름은 달을 보고
머리를 디밀고 있습니다
달을 무척 좋아하나 봅니다
달을 자꾸 부둥켜안습니다
달은 시커먼 구름이
무척이나 싫은가 봅니다
구름을 자꾸 밀어냅니다
달은 구름을 겨우 벗었습니다
달의 얼굴은 새색시 뽀얀 얼굴처럼
붉게 물들었습니다
구름은 미련이 남아 있나 봅니다
달의 주변을 서성입니다

나도 시커먼 구름을 떠밀어 봐야겠습니다
내 얼굴도 휘영청 밝을 겁니다

오늘은 달과 별이 참 밝은 밤입니다

스마트폰으로 QR코드를 스캔하면 시낭송을 감상할 수 있습니다.

시인 이정원

프로필
경기도 고양시 거주
대한문학세계 시 부문 등단
(사)창작문학예술인협의회 회원
대한문인협회 경기지회 정회원
경기도 물리치료사협회(KPTA) 정회원
<수상>
2021 한국문학 베스트셀러 작가상
2019 대한문학세계 신인문학상 수상
대한문인협회 금주의 시, 좋은 시 선정
2020 유화로 보는 명인명시선 선정
2021 시낭송 모음집 명시 언어로 남다 선정
2021,2022 명인명시 특선시인선 선정
<저서>
시집 "삶의 항로"
<공저>
대한문인협회 경기지회 동인시집
제2집 "달빛 드는 창"
2020 유화로 보는 명인명시선
2021 현대시와 인물 사전
2021 시낭송 모음집 "명시 언어로 남다"
2021 2022 명인명시 특선시인선

시집 <삶의 항로>

詩 울타리 / 이정원

고요한 적막 속
詩 울타리가 걸쳐 있는
시인의 길을 진실로 걸어갑니다

詩 한 소절 읊으며
깊은 상념에 잠기어
아련한 옛 추억을 떠올립니다

잿빛 세월 같은
희뿌연 인생길을 걸을지라도

詩 울타리 가운데
문인과 함께 걷는 문학의 길은
나에게 평온한 안식처입니다

한마디 진심을 오롯이 담기 위해
마음 구석구석 말갛게 씻고

심금을 울리는 詩 한 편
마음과 정성 다해
사랑하는 당신께 드립니다.

스마트폰으로 QR코드를 스캔하면 시낭송을 감상할 수 있습니다.

산수유 내리사랑 / 이정원

봄의 전령사 노란 산수유가 필 무렵
손자를 지긋이 바라보는
외할아버지 내리사랑을 떠올린다

비탈길 넘어진 개구쟁이 상처를
애지중지 보듬어주시던 외할아버지
용광로처럼 불덩이로 변해버린 가슴
고개 숙인 그리움이 눈앞에 아른거린다

굽이지게 맺히게 할 세월의 잔주름에
다함 없는 사랑을 베푸셨던 외할아버지

영원불멸의 사랑을 꽃피우는 산수유
산수유 열매가 빨갛게 영글어갈 가을 즈음에
인자한 눈빛의 참사랑을 깨달을 수 있을까

봄비 내릴 적에
노란 산수유 꽃잎 속에 얼굴 파묻고
촉촉이 적실 눈물은 춘몽으로 피어오른다.

스마트폰으로 QR코드를 스캔하면 시낭송을 감상할 수 있습니다.

수국 / 이정원

탐스러운 고운 미소로
한 아름 핀 수국꽃

찬란하고 수북하게 핀 꽃잎
고혹적인 미가 물씬 풍긴다

애타는 그리움
토양 깊숙하게 덩어리를 파묻었나

가슴속 아려있는 애잔함을
잔뿌리에 고이 간직한 채로
멋스럽게도 머금고 있다

나른한 오후
은은한 향기 뿜는 수국꽃이
오늘도 힘내라며 싱글벙글한다

한창 핀 수국꽃
왠지, 바라만 봐도 좋다.

스마트폰으로 QR코드를 스캔하면 시낭송을 감상할 수 있습니다.

능소화 / 이정원

주홍빛 꽃망울
장맛비에 흠뻑 젖은 채

임 향한 그리움인지
덩굴손 담장에 피어 있다

얼룩진 세월 속
애타는 가슴을 부여잡은 채
메마른 눈물을 목 놓아 울부짖는다

뜬눈으로 지낸 연민
밤새 아른거리는 그 사랑이
능소화 전설처럼 애절히 흐른다.

스마트폰으로 QR코드를 스캔하면 시낭송을 감상할 수 있습니다.

코스모스 / 이정원

짱짱했던 여름날이 지나고
소리 없이 찾아온 계절
물감을 뿌린 듯한 파란 하늘에
사랑했던 기억을 흘려보니

살랑살랑 가을바람에 스며드는 설렘
흐드러지게 만개한
코스모스 향기가 진동한다

풍성한 행복을 갈망하는 가을 언저리
붉어진 단풍은 가을을 색칠하고
마른 잎새 가지를 바라보며
아련한 추억을 떠올린다

서걱거리는 바람결 따라
코스모스에 서려 있는 향수는
가을날에 진한 여운을 남기고
행복을 갈망하는 가을 속으로 걸어간다.

스마트폰으로 QR코드를 스캔하면 시낭송을 감상할 수 있습니다.

시인 전경자

프로필
대한문학세계 시, 수필 부문 등단
(사)창작문학예술인협의회 회원
대한문인협회 경기지회 총무국장
2019년 인향문단 시 부문 작품상 당선
인향문단 4집, 5집 참여
시화집 1,2,3 참여
2020년 한국문학예술진흥원 한국낭송 지도자협회 문학상
코로나19 극복 최우수상 수상
2021년 대한문인협회 금주의 시 선정
2021년 한국문학 올해의 작품상
2022년 명인명시 특선시인선 선정

<저서>
시집 "꿈꾸는 DNA"

시집 <꿈꾸는 DNA>

이별 / 전경자

잊지 못할 굽어진 오솔길에 사랑을 속삭이는 동백꽃
동녘 바람이 시샘하는 그 봄이 오면
그대 거친 숨소리는 이별이라고 한다

아기 동백꽃 수줍은 사랑을 애타게 그리지만
그저 바라만 보는 투명한 세상
바람 부는 갈대밭에 그림자 하나

그리워서 눈시울이 붉어진 운명 앞에서
꽃잎 지던 날 우린 말없이 울기만 했지
그 숨결까지도 사랑했던 날들 날 잊힌 은하수 길

반짝이는 미리내 밤하늘에 듬성듬성
스치듯이 지나간 단 한 번의 순정
밤마다 영혼의 촛불이 꺼질까
첫사랑 그대 돌아오지 않는 당신의 이름 석 자

허공에 찢어진 마음이 이렇게 아픈데
삼 못 이룬 창가에 인공불빛 거리마다
그림자마저 흐느끼던 그 순간
가가호호 창가에 잠들지 못한 시간은 말이 없다.

스마트폰으로 QR코드를 스캔하면 시낭송을 감상할 수 있습니다.

소녀와 소낙비 / 전경자

비를 좋아했던 날
추억에 젖어 비를 맞고 거닐던 그 골목길
우산을 손에 들고 옷깃을 적시던 소녀
빗속으로 걸어가는 뒷모습
빗물에 담그고 있는 그녀를 보았다

소낙비가 내려 흙탕물이 되어 흐르다가 냇물이 되어
노란색 미니스커트를 적시던 소낙비
그 빗속을 행복하게 거닐었지

백발이 되어도 비를 맞으며 걷고 있다
장맛비에 잠시나마 걷던 걸음 멈추어 볼라치면
비에 젖은 잊힌 첫사랑
기억이 나질 않는다

냇물이 되어 흐르는 장대비로 반쯤 가려진 어깨를
가방끈에 지어주고 소낙비에 온몸을 맡긴다
그때처럼 흐르는 물속으로 어떤 그리움을 찾아
송사리 때처럼 거슬러 올라가는 그녀를

신발이 물에 담긴 채 걷는 길
아무도 없는 골목길을 한 바퀴 돌고 돌아도
끝내고 싶진 않아 걷는 이 빗속에서
그리워하는 그녀의 뒷모습을 빗방울에서 보았다.

스마트폰으로 QR코드를 스캔하면 시낭송을 감상할 수 있습니다.

나리꽃은 발레리나 / 전경자

풀 파도 너울 춤추는 곳에
우아하게 아찔하게 춤을 추는 발레리나

우아한 자태를 뿜어내는 들판에 너를 보면
심장이 파르르 떨린다

곱고 고운 너를 보면 내 마음도 흐뭇해
뜨거운 마음이 젖어 고개 숙인 채 걷는 길

뜨거운 태양 아래 살며시 고개 숙인
너를 보며 내 마음에 담는다

아름다운 모습이기에 가는 발걸음
눈으로 미소로 찰랑거리는 풀 파도가 감싸

저 멀리에 들리는 매미의 애절한
울음소리에
망초대 하얀 꽃이 춤을 춘다.

스마트폰으로 QR코드를 스캔하면 시낭송을 감상할 수 있습니다.

사랑앓이 / 전경자

캄캄한 밤
초승달도 정다운 이 밤
설렘 가득했던 날 시작된 사랑앓이

세찬 바람까지도 사랑했던 날들
찻집 라운드에서 내려다보는 풍경 속에
유혹하는 자동차 불빛들

훅하고 들어오는 어제와 오늘의
아파하는 또 하나의 별
나만의 발길을 환히 비춰어준 별빛 따라

인공이 만들어낸 불빛 별 밤의 풍경이 낯설지 않은데
빠르게 빛을 타고 흐르는 그런 모습
도시는 이렇게 멋진 아름다운 모습이라고 눈이 말한다

모든 것들이 쓸쓸한 이 밤이 가기 전에
사라지는 기억 하나
내 하나의 사랑은 어디서 무엇이 되어 다시 만나리

스마트폰으로 QR코드를 스캔하면 시낭송을 감상할 수 있습니다.

정 / 전경자

사무치게 그리운 정 눈물 속에 남겨진 그때는
그림자 일지라도 지워지지 않습니다
눈부신 그 날들 그 햇살이 쏟아지는 숲길
푸른색을 더하기 하는 날

가끔은 햇살이 들어 올리는 푸른 하늘
풀파도 너울춤 추는 곳에
붉은 장미 웃음소리가 담장 넘어
손짓하는 곳에 반항도 했지만

봄의 절정 꽃길에 눈길을 주었네
약속도 없는데 누군가를 만나야 할 것 같은
설움 안고 떠나간 길에
이름 모르는 들꽃이 방긋 웃는 소리

어디선가 날아온 하얀 나비
토끼풀 꽃잎 위에 맺은 인생 속의 세 잎 네 잎 클로버
보송보송한 꽃잎 위에 놓은 이 세상
위험한 세상이 그녀를 춤추게 한다

스마트폰으로 QR코드를 스캔하면 시낭송을 감상할 수 있습니다.

시인 정상화

프로필
아호 : 봄결
울산 울주 배내골 출생
시인, 수필가
전) 부산 한샘학원 강사(국어)
대한문학세계 시 부문 등단
대한문인협회 울산지회장
(사)창작문학예술인협의회 회원
<수상>
2016년 한국문학 베스트셀러 작가상
2017,2018,2019,2020,2021 명인명시 특선시인선 선정
2017 한국문학 우수 작품상
2018 한국문학 올해의 최우수 작품상
2019 한국문학 예술인 금상
이달의 시인, 금주의 시, 좋은 시, 낭송시 선정
2021년 한국문학 올해의 작품상
<저서>
제1시집 "스스로 피어짐이 아름다운 것을"
제2시집 "산다는 것은 한 편의 詩"
제3시집 "그러하더라도 사랑해야지"
제4시집 "아름다운 인연을 만나는 것은"
제5시집 "곱게 물들었으면"

제5시집 <곱게 물들었으면>

치매라는 지우개 / 정상화

깊은 동굴 속
말라가는 꽃대공 화려했던
젊음을 잘라먹고 옹알이하네

지남력은 안갯속에 묻혀
소멸된 찌꺼기로 누른 벽화를
그리며 짓는 섬뜩한 미소

화려한 순간이
벌 나비 사랑이 바람의 속삭임이
등짝의 때가 되어 떨어지고

시간 앞엔 영원할 수 없는 삶
앙상한 대공 바람에 서걱이며
마지막 흔적을 지우고 있다

스마트폰으로 QR코드를 스캔하면 시낭송을 감상할 수 있습니다.

한때는 그랬지 / 정상화

"큰 아야 똥 나온다. 어서 오나라"

한땐, 연분홍 부끄럼으로
뭇 사내 가슴 흔들었겠지
뽀얀 엉덩이 속살에 반해
목매달았을 아버지 그림자가 어른거린다

물동이 이고 걸어가는 뒤태에
사내 가슴 도리질했을 요염한 흔적은
바람 빠진 풍선처럼 주름진 앙상함으로 남았네

총명했던 기억력은 꿈속으로 파고들어
아들을 신랑으로 만드는
혼돈의 시간 속으로 빠져든다

몸도 마음도 부끄럼 삼켜버린 지금
혼자선 아무것도 할 수 없기에
말없이 기저귀를 갈아 채운다

태어나 죽음으로 가는 길 앞엔 누구나 평등하기에
나도 어무이 길을 따라가겠지

주름진 어무이 궁뎅이 속에서
한땐, 아버지 안으며 피어났던
연분홍 부끄럼이 흐른다

스마트폰으로 QR코드를 스캔하면 시낭송을 감상할 수 있습니다.

농부의 꿈 / 정상화

모내기 끝낸 들판
촉수를 내밀어 바람, 비, 햇살
잡아 캡슐을 만들고 있네

희망이 앉아 있는 벼 뱃속엔
땀으로 얼룩진
배냇저고리가 만들어지고

먼 산이 붉은 옷 갈아입을 즈음
아장아장 옹알이로 벅찬 감동
전해주겠지

논둑길 걷는 농부의 가슴엔
가을이 들어와 풍년 악보 그리고 있다

스마트폰으로 QR코드를 스캔하면 시낭송을 감상할 수 있습니다.

간절한 기도 / 정상화

평생 흙 속에 몸 비비며
살아오신 당신
자식 위해 던진 삶은
상처 난 꽃잎으로 남았을 뿐

꽃 피우고
홀로 씨앗 키우시고
갈바람에 남겨진 빈집

끈질긴 강인함으로
생사의 고비 넘고 넘어
자식 가슴엔 영생의 꽃

이제,
마지막 고비를 넘기려
사투를 벌이고 계신 당신
할 수만 있다면
내 인생 빼셈하고 싶습니다
어머니, 힘내소서

여든아홉 꽃핀 삶
단, 삼일로 잊힌다면
코로나로 생이별 된 현실이
너무 아플 것 같습니다

스마트폰으로 QR코드를 스캔하면 시낭송을 감상할 수 있습니다.

가시는 괜히 있는 게 아니다 / 정상화

어무이,
양쪽 옆구리 콩팥으로 연결된 소변줄 끼울 때 박힌 가시를 품고 산다
소염작용을 돕기 위해 해동피海桐皮
벗기다 손톱 밑으로 가시가 박혔다
쓰리고 아프다
빼낸 자리 피가 솟구친다
가시를 달고 사는 나무들
연약한 몸으로 밟히고 밟힌 시간이
만들어낸 가시를 달고 산다
탱가리 가시에 찔린 물이 아플까
엄나무 가시에 찔린 바람도 아플까
아프게 하지 않으면 찌르지 않는
가시
독을 품은 건 아니었어
함께 살고 싶은 순한 마음뿐
발가벗은 꿩 피 묻은 해동피 넣고
압력솥 뚜껑을 채운다
상처 내지 않으면 상처받지도 않았다
탐내지 않으면 피를 쏟지도 않았다
인연을 맺기 전 한 번쯤은 멈칫하라고 가시를 달고 산다
치마 밑에도
바지 속에도 가시가 있고
가슴 깊은 곳에 가시가 있다
찌르기 위함이 아니다
인연을 위한 따끔한 인사일 뿐

스마트폰으로 QR코드를 스캔하면 시낭송을 감상할 수 있습니다.

시인 주야옥

프로필
대한문학세계 시, 동화 부문 등단
참 소중한 당신 명예 기자역임
「소년문학」 동시 등단
(사)창작문학예술인협의회 회원
대한문인협회 인천지회 사무국장
<수상>
2020년 짧은 시 짓기 대상
2021년 한국문화 예술인 금상
보령해변시인학교 전국문학공모전 동상
2022년 신춘문학상 공모전 동상
대한문학세계 동화 부문 신인문학상
「대한민국 독도 문예대전」 시부분 특선
대한문학세계 시 부문 신인문학상
「소년문학」 동시 신인문학상
2018년 한국문학 향토문학상
2019년 대한문인협회 인천지회 향토문학상 금상
부천 시가 활짝 공모전 장려
케이티 수기 공모전 동상, 윤동주 문학상 작품상
2022년 순우리말 글짓기 전국 공모전 동상
<공저>
글 꽃바람, 유화로 보는 명인명시선,
현대시와 인물 사전, 특선시인선, 명시 언어로 남다
<저서>
동화 "꿈꾸는 화원"

동화 <꿈꾸는 화원>

꿈의 거리 / 주야옥

올 듯 오지 않는
좁혀질 듯 좁혀지지 않는
너와 나의 먼 거리

그 길 위에
그려 놓은 꿈의 방정식

수 없이 던진 질문에
돌아오지 않는 대답들
혼자 답을 풀어본다

채점 대신 남아있는
기다림의 흔적들

신기루 같은 그날을
새기며
가슴속 깊이 문을 열어 놓고
마르지 않는 마음을 담는다

아직 버틸 힘이 있어서
하루하루를 견디며
너를 기다린다.

스마트폰으로 QR코드를 스캔하면 시낭송을 감상할 수 있습니다.

희망의 주파수 / 주야옥

희망의 바람이 불고 있다
해발 2,744미터
지상의 안테나를 세우며
주파수를 맞춘다

지지지직 지지지직
희망이 지지직 거린다

우물가의 두꺼운 얼음을 깨어
두레박으로 얼음을 퍼 올린다

두레박 안에 별이 보인다
청동거울처럼 검푸른 별이
형용사가 소용없는 아름다움

지지지직 지지지직 희망이
바람에 흔들린다

사라질까 두려운
희망을
꼭 가슴에 가둔다

난 또다시
하늘을 맞춘다.

스마트폰으로 QR코드를 스캔하면 시낭송을 감상할 수 있습니다.

숨겨진 아차산의 비밀 / 주야옥

아차산에 오르면 한강을 차지하려는
삼국의 다툼 소리가 들린다

코로나19 바이러스를 이겨내며
아이들과 함께 아차산의 봄의 문을 연다
철쭉꽃 사이로 평강공주의 슬픈 사랑 노래가 들려온다

맴맴 매미 소리가 들리면
아이들과 함께 아차산의 여름의 문을 연다
아차산성의 돌담 사이로 기어가는 무당벌레의 모습에서
적들과 싸우는 병사들의 함성이 들려온다

살랑살랑 가을바람이 춤을 추면
아이들과 함께 아차산의 가을의 문을 연다
단풍이 곱게 물든 숲 사이에서
장수왕의 꼭꼭 숨겨진 안타까운 비밀 이야기가 들려온다

하얀 눈이 소복소복 내리면
아이들과 함께 아차산의 겨울의 문을 연다
광나루의 하얀 눈을 밟으며 아이들은 고구려 여행을 떠난다

계속되는 파문의 역사를
써가며 기록하며 남길 아이들을 바라본다.

스마트폰으로 QR코드를 스캔하면 시낭송을 감상할 수 있습니다.

별밥 / 주야옥

새벽이면
엄마는 우물에 가라앉은
별을 긷지요

막내딸
꿈
한 바가지 두레박에 담아와

가마솥에
구워낸 별밥

한 숟가락
입에 물면
엄마 사랑이
내 가슴에서 빛나요.

스마트폰으로 QR코드를
스캔하면 시낭송을 감상
할 수 있습니다.

영혼의 방 / 주야옥

너를 처음 만나고
사랑의 감정을 느끼게 된 순간
나의 신경은 온통 너에게로 향했어

숨이 가빠지고
심장이 터질 것 같은 나의 마음은
너를 향한 설렘으로 온종일 가득했어

붙잡아도 매달려도
매몰차게 나를 뿌리친 너는
나의 영혼만을 가지고 도망치듯 떠났어

나는 애간장을 태우며
나의 영혼을 찾으러 이곳저곳 방황하다
어느 날 갑자기 너를 만났어

나는 너무 기쁜 나머지
너를 안으려 하자 너는 나를 밀치려다 말고
너의 영혼의 방으로 나를 데려갔어

시간이 얼마나 흘렀는지 몰라
우리 처음 만난 이후로 지금까지 쭈욱
내 영혼은 너의 방안에서 너의 심장에 갇혔어.

스마트폰으로 QR코드를 스캔하면 시낭송을 감상할 수 있습니다.

시인 한명화

프로필
부여 출생, 아호 : 설봉
대한문학세계 시 부문 등단
한국문인협회 정회원
(사)창작문학예술인협의회 회원
대한창작문예대학 졸업
문예창작지도자 자격증 취득
무용가, 시인, 시낭송가
국제설봉예술원 지도교수, 설봉문학 발행인, 편집주간
설봉전국시낭송대회 심사위원
<단체운영>
국제설봉예술협회장, 유경캠핑하우스 대표이사
국제설봉예술원장, 설봉예술단장
설봉아름다운 사람들의 나눔이야기 대표
설봉촌 종합레저타운 대표
<수상>
2013 스포츠서울 혁신한국인
파워코리아 대상 / 레저문화 부문
2014 대한민국을 이끄는
혁신리더 대상/ 캠핑카 부문
2019 대한문학세계 신인문학상 / 시부문
2020 대한창작문예대학 졸업작품 경연대회 은상
2021 (사)창작문학예술인협의회 신춘문학상 동상
2021 짧은 시 짓기 전국 공모전 금상
2021 한국문학 올해의 작품상
2022 신춘문학상 전국공모전 은상
2022 향토문학상 공모전 동상
<저서>
시집 "설봉 아리랑"

시집 <설봉 아리랑>

내 삶의 여백에 핀 꽃 / 한명화

고층 빌딩을 벗어나
자동차로 두 시간을 달려
자연 속 캠핑장에 도착했다
가슴이 열리고 마음이 붕붕 뜬다

맑은 하늘을 마주 보고 누우니
새들은 날아다니고
나무들은 한들한들 춤을 춘다

산딸나무의 넓은 진초록 잎사귀에
햇살이 껑충 뛰어내리고
부드러운 바람도 슬며시 그 위로 끼어든다

제멋대로 공중에 길을 만들어
나는 새들을 눈 감고 따라다니다
 잠시 고개를 돌리니
 불쑥 올라온 들꽃이 눈인사한다

힘겨운 인생길
나의 삶의 여백 공간인
카라반 파크 유경 캠핑장에서
자연은 오늘도 지친 마음을 달래주고
꽃물 들이며 상처를 치유해 준다.

스마트폰으로 QR코드를 스캔하면 시낭송을 감상할 수 있습니다.

설봉 아리랑 / 한명화

무대의 조명은 켜지고
나는 붉은 치마 흰 저고리를 입고
빨간 장고를 어깨에 메고
휘모리장단에 맞춰 춤을 춘다

이른 봄 왕벚꽃 날리듯
호흡을 길게 들이쉬며 장고와 내가 한 몸인 양
느리게 빠르게 버선발로 사뿐히
춤사위 속으로 휘돌아 감는다

파르르 떨리는 손끝 시선
흩어지는 장고소리
자유로운 춤사위는
구름 위를 걷는다

신명 나는 장고 연주 소리
관객도 어깨춤을 추고
나는 황홀함에 신이 난다

흥과 멋의 장고춤
나는 덩실덩실 오래도록 추고 싶다

덩덩 쿵더쿵
덩따따 쿵더쿵

스마트폰으로 QR코드를 스캔하면 시낭송을 감상할 수 있습니다.

꿈의 길 / 한명화

직립을 꿈꾸는 세상에서
힘에 겨워 눈물이 날 때는
저 앞에 마주 보이는
푸른 하늘 자락을 와락 끌어안는다

수천 번 넘어지며
직립을 익혀가다가
고통이 밀려오면
구겨져 가는 구름 조각들을
펼쳐가며 간다

그러다 어느 날인가
풀잎 사이 흩어지는 이슬을 지나
눈부신 햇살이 나를 깨우면

가난한 사업가의 꿈의 높이는
한 움큼 올라오고
시선은 더 멀리 응시한다

스마트폰으로 QR코드를
스캔하면 시낭송을 감상
할 수 있습니다.

산다는 것에 대하여 / 한명화

산다는 것은
그늘도 없는 허허벌판에서 형상 없는 실체를
만들어내는 것이다

산다는 것은
꽃그늘 아래
파릇파릇 돋아나는 초록이
갈색으로 물들어가는 것이다

산다는 것은
주변을 돌아보며
눈물 한 방울 삼켜 주는 일이다

산다는 것은
속을 다 비워낼 때
고통 위에 꽃이 피고
환해지는 일이다

스마트폰으로 QR코드를 스캔하면 시낭송을 감상할 수 있습니다.

옛사랑 / 한명화

그대가 있어
봄의 소박한 목련꽃 미소를
볼 수도 있고

여름의 쏟아지는 장맛비에
흩날림을 느낄 수도 있고

가을의 귓가에서 멀어지는
쇠박새 슬픈 노래도 들을 수 있고

겨울의 새도 날지 않는 추운 날
갈대 꽃술에도 송이송이
하얗게 내리는 눈도 볼 수 있다네

오늘은
가는잎조팝나무 짧은 시를 노래하며
옛사랑은 꿈결 속을 다녀가려나

스마트폰으로 QR코드를 스캔하면 시낭송을 감상할 수 있습니다.

시인 한정서

프로필
대한문학세계 시, 수필 부문 등단
(사)창작문학예술인협의회 회원
대한문인협회 광주전남지회 정회원
대한창작문예대학 졸업
2021년 한국문학 향토문학상
2022년 짧은 시 짓기 장려상

<공저>
시낭송 모음 시집 <낭송하는 시인들>

시낭송 모음 시집
<낭송하는 시인들>

5월의 신부처럼 / 한정서

따뜻함을 담은 산뜻한 바람이
향긋함 실어 코끝에 내리고
한달음에 헐레벌떡 사라지네

하얀 눈꽃을 닮은 고귀한 모습
내 품에 꼬옥 안기려 오신 님
활짝 핀 웃음 머금어 맞이하네

쭉 뻗은 걸음걸이 삐죽거리며
베란다 정원에 행차하셨으니
5월에 딱 맞춰 오신 신부 같네

올해의 기다림 알았다는 듯
고운 레이스 겹겹이 두른
화려한 백색의 드레스 입었네

넓게 퍼진 드레스 치맛단에는
가시 레이스 촘촘히 두르고
걸음걸이 사랑스럽게 다가오네

다가올수록 콩닥거리며 가슴은 뛰고
해마다 새로운 연인처럼 맞이할
당신을 5월 순백의 신부라 하네.

스마트폰으로 QR코드를 스캔하면 시낭송을 감상할 수 있습니다.

사랑이라 쓰지 않아도 / 한정서

하루에도 수많은 이별이
다른 만남으로 곁에 찾아드는
평범한 일상을 되풀이하다가도

풋풋한 사랑으로 다가오고
그 마음 알아채기 전 사라지면
짜증 스밀 새 없이 뻥 뚫린 가슴 주머니에
설렌 사랑도 동동 구르지 않는다

굳이 사랑이라 읽지 않아도
흐르는 동안 시리고 씁쓸하기도 한
멜로 작품 같은 로맨틱한 사랑

익숙한 듯 익숙지 않은 이별이 와도
자연스레 보낼 줄 아는 아림은
또 다른 사랑이 아닐까

그해 겨울은
살포시 사랑했지만
오붓한 겨울을 맞이하는 중인 것은
헤어질 동안만 사랑하기 때문이다.

스마트폰으로 QR코드를 스캔하면 시낭송을 감상할 수 있습니다.

시간, 너로 인해 / 한정서

주어진 일이 무엇인지 아는 너
누가 무어라 하지 않아도 끊임없이
똑딱이며 묵묵히 가는 너를
때로는 야속하다 원망도 했다
기다려 주지 않아 무심하다
외면도 하고 싶었다

두둑한 배짱이 부럽구나
그리고 이제는 안다!

너로 인해
할 일을 가닥 잡고
바삐 가기도 하고
쉬어 가기도 하며
계획도 세우고
가는 세월도 가늠되니
고마운 존재인 것을 알았으니
탓하지 않으련다.

스마트폰으로 QR코드를 스캔하면 시낭송을 감상할 수 있습니다.

다시 태어나도 / 한정서

샛노란 행운을 가득 안고
방긋방긋 해님의 전령 되어
부끄러운 듯 살포시 고개 숙인 너

가끔 시무룩한 얼굴에
사랑의 말풍선 건네면 웃으려나

오롯이 한 송이 꽃을 위해
견뎌내는 함박웃음 갸륵하여라

꿋꿋이 살아 낸 세월만큼
훌쩍 커지는 힘겨운 생에
까맣게 타들어 간 속앓이일까

늦여름이면
또다시 포근한 마음들이
가을의 결실처럼 영글겠지

그런 널
몇 번을 태어나도
바라보는 사랑을 할 거야

숙명을 받든 화가
빈센트 반 고흐처럼....

스마트폰으로 QR코드를 스캔하면 시낭송을 감상할 수 있습니다.

석양을 보며 / 한정서

낚시를 벗 삼은 바닷가
노을이 구름 손잡고 노닐 때
세찬 바람에 파란 하늘은
슬쩍 자리를 비켜난다

산자락 덮고 있는 해송들
제각각 길게 우뚝 선 그림자는
필시 대장군이다

마지막 햇살을 담은 바다가
하늘과 찬란하게 어우러지니
채색된 한 폭의 그림이다

절로 황홀한 탄성에
춤을 추듯 뱅그르르 돌던 카메라가
노을 전경을 오롯이 담은
얼마만의 풍경인가

여운이 물결치고
정겹고 뿌듯한 가을이 깊어갈 때
또다시 찾아가련다.

스마트폰으로 QR코드를 스캔하면 시낭송을 감상할 수 있습니다.

명시 가슴에 스미다

- 시 소리로 삶을 치유하다 -

박영애 시낭송 모음 11집

2022년 11월 3일 초판 1쇄

2022년 11월 7일 발행

지 은 이 : 김국현 김노경 김락호 김정섭 김희경 김희선
남원자 박남숙 박미향 박영애 박희홍 손영호
송근주 송용기 송태봉 송향수 염경희 유영서
윤무중 이동로 이만우 이상노 이정원 전경자
정상화 주야옥 한명화 한정서

엮 은 이 : 박영애

디자인 편집 : 이은희

기 획 : 시사랑음악사랑

연 락 처 : 1899-1341

홈페이지 주소 : www.poemmusic.net

E-Mail : poemarts@hanmail.net

정가 : 15,000원

ISBN : 979-11-6284-405-2